国学典藏·线装书系

封神演義

【插图版】

第二册

〔明〕许仲琳·著

时代出版传媒股份有限公司
黄山书社

第十八回　子牙谏主隐磻溪

诗曰：

渭水潺潺日夜流，子牙从此独垂钩。

当时未入飞熊梦，几向斜阳叹白头。

话说子牙看罢图样，王曰：『此台多少日期方可完得此工？』尚奏曰：『此台高四丈九尺，造琼楼玉宇，碧槛雕栏，工程浩大。若完台工，非三十五年不得完成。』纣王闻奏，对妲己曰：『御妻，姜尚奏朕，台工要三十五年方成。朕想光阴瞬息，岁月如流，年少可以行乐，若是如此，人生几何，安能长在！造此台实为无益。』妲己奏曰：『姜尚乃方外术士，总以一派诬言。哪有三十五年完工之理！狂悖欺主，罪当炮烙！』纣王曰：『御妻之言是也。传奉官，可与朕拿姜尚炮烙，以正国法。』子牙曰：『臣启陛下，鹿台之工，劳民伤财，愿陛下且息此念头，切为不可。今四方刀兵乱起，水旱频仍，府库空虚，民生日促，陛下不留心邦本，与百姓养和平之福，日荒淫于酒色，远贤近佞，荒乱国政，杀害忠良，民怨天愁，累世警报，陛下全不修省。今又听狐媚之言，妄兴土木，陷害万民，臣不知陛下之所终矣。臣受陛下知遇之恩，不得不赤胆披肝，冒死上陈。如不听臣言，又见昔日造琼宫之故事耳。可怜社稷生民，不久为他人之所有。臣何忍坐视而不言！』纣王闻言，大骂：『匹夫！焉敢诽谤天子！』令两边承奉官：『与朕拿下，醢尸齑粉，以正国法！』众人方欲向前，子牙抽身望楼下飞跑。纣王一见，且怒且笑：『御妻，你看这老

众官赶子牙过了龙德殿、九间殿，子牙至九龙桥，只见众官赶来甚急，子牙曰：『承奉官不必赶我，莫非一死而已。』按着九龙桥栏杆，望下一摔，把水打了一个窟窿。

匹夫，听见「拿」之一字就跑了。礼节法度，全然不知，哪有一个跑了的？』传旨命奉御官：『拿来！』众官赶子牙过了龙德殿、九间殿，子牙至九龙桥，只见众官赶来甚急，子牙曰：『承奉官不必赶我，莫非一死而已。』按着九龙桥栏杆，望下一摔，把水打了一个窟窿。众官急上桥看，水星儿也不冒一个——不知子牙借水遁去了。承奉官往摘星楼回旨。王曰：『好了这老匹夫！』

且不表纣王。话说子牙投水桥下，有四员执殿官扶着栏杆，看水嗟叹。适有上大夫杨任进午门，见桥边有执殿官，伏着望水。杨任问曰：『你等在此看甚么？』执殿官曰：『启老爷：下大夫姜尚投水而死。』杨任曰：『为何事？』执殿官答曰：『不知。』杨任进文书房看本章。不题。

且说纣王与妲己议鹿台差那一员官监造。妲己奏曰：『若造此台，非崇侯虎不能成功。』纣王准行，差承奉宣崇侯虎。承奉得旨，出九间殿往文书房，来见杨任。杨任问曰：『下大夫姜子牙何事忤君，自投

水而死？』承奉答曰：『天子命姜尚造鹿台，姜尚奏事忤旨，因命承奉拿他，他跑至此，投水而死。今诏崇侯虎督工。』杨任问曰：『何为鹿台？』承奉答曰：『苏娘娘献的图样，高四丈九尺，上造琼楼玉宇，殿阁重檐，玛瑙砌就栏杆，珠玉妆成梁栋。今命崇侯虎监造。卑职见天子所行皆桀王之道，不忍社稷丘墟，特来见大人。大人秉忠谏止土木之工，救万民搬泥运土之苦，免商贾有陷血本之殃，此大夫爱育天下生民之心，可播扬于世世矣。』杨任听罢，谓承奉曰：『你且将此诏停止，待吾进见圣上，再为施行。』杨任径往摘星楼下候旨。纣王宣杨任上楼见驾。王曰：『卿有何奏章？』杨任奏曰：『臣闻治天下之道，君明臣直，言听计从，惟师保是用，忠良是亲，奸佞日远，和外国，顺民心，功赏罪罚，莫不得当，则四海顺从，八方仰德，仁政施于人，则天下景从，万民乐业，此乃圣主之所为。今陛下信后妃之言，而忠言不听，建造鹿台。陛下只知行乐欢娱，歌舞宴赏，作一己之乐，致万姓之愁，臣恐陛下不能享此乐，而先有腹心之患矣。陛下若不急为整饬，臣恐陛下之患不可得而治之矣。主上三害在外，一害在内，陛下听臣言。其外三害：一害者东伯侯姜文焕，雄兵百万，欲报父仇，游魂关兵无宁息，屡折军威，苦战三年，钱粮尽费，粮草日艰，此为一害；二害者南伯侯鄂顺，为陛下无辜杀其父亲，大势人马，昼夜攻取三山关，邓九公亦是苦战多年，库藏空虚，军民失望，此为二害；三害者，况闻太师远征北海大敌，十有余年，今且未能返国，胜败未分，凶吉未定。陛下何苦听信谗言，杀戮正士。狐媚偏于信从，谠言致之不问。小人日近于君前，君子日闻于退避。宫帏竟无内外，貂珰紊乱深宫。三害荒荒，八方作乱。陛下不容谏官，有阻忠耿，今又起无端造作，广施土木，不惟社稷不能奠安，宗庙不能磐石，臣不忍朝歌百姓受此涂炭。愿陛下速止台工，民心乐业，庶可救其万一。不然，民一离心，则万民荒乱。古云：『民乱则国破，国破主君亡。』只可惜六百年已定华夷，一旦被他人所虏矣。』纣王听罢，大骂：『匹夫！把笔书生，焉敢无知，直言犯主！』命奉御官：『将此匹夫剜去二目！朕念前岁有功，姑恕他一次。』杨任复奏曰：『臣虽剜目不辞，只怕天下诸侯有不忍臣之剜目之苦也。』奉御官把杨任搀下楼，一声响，剜二目献上楼来。且说杨任忠肝义胆，实为纣王，虽剜二目，忠心不灭，一道怨气，直冲在青峰山紫阳洞清虚道德真君面前。真君早解其意，命黄巾力士：『可救杨任回山。』力士奉旨，至摘星楼下，用三阵神风，异香遍满，摘星楼下，地播起尘土，扬起沙灰，一声响，杨任尸骸竟不见了。纣王急往楼内，避其沙土。不一时，风息沙平，两边启奏纣王曰：『杨任尸首风刮不见了。』纣王叹曰：『似前番朕斩太子也被风刮去，似此等事，皆系常事，不足怪也。』纣王谓妲己曰：『鹿台之工，已诏侯虎；杨任谏朕，自取其祸。速诏崇侯虎！』侍驾官催诏去了。

且说杨任的尸首被力士摄上紫阳洞，回真君法旨。道德真君出洞来，命白云童儿，葫芦中取二粒仙丹，将杨任眼眶里放二粒仙丹。真人用仙天真气吹在杨任面上，喝声：『杨任不起，更待何时！』真是仙家妙术，起死回生。只见杨任眼眶里长出两只手来；手心里生两只眼睛。此眼上看天庭，下观地穴，中识人间万事。杨任立起半晌，定省见自己目化奇形，见一道人立在山洞前。杨任问曰：『道长，此处莫非幽冥地界？』真君曰：『非也。此处乃青峰山紫阳洞，贫道是炼气士清虚道德真君，因见子有忠心赤胆，直谏纣王，怜救万民，身遭剜目之灾，贫道怜你阳寿不绝，

度你上山，后辅周王成其正道。』杨任听罢，拜谢曰：『弟子蒙真君怜救，指引还生，再见人世，此恩此德，何敢有忘！望真君不弃，愿拜为师。』杨任就在青峰山居住。后只待破瘟癀阵下山，助子牙成功。有诗曰：

大夫直谏犯非刑，剜目伤心不忍听。
不是真君施妙术，焉能两眼察天庭。

不说杨任居此安身。且说纣王诏崇侯虎督造鹿台。此台功成浩瀚，要动无限钱粮，无限人夫，搬运木植，泥土，砖瓦，络绎之苦，不可胜计。各州府县军民，三丁抽二，独丁赴役。有钱者买闲在家，无钱者任劳累死。万民惊恐，日夜不安，男女慌慌，军民嗟怨，家家闭户，逃奔四方。崇侯虎仗势虐民，可怜老少累死不计其数，皆填鹿台之内。朝歌变乱，逃亡者甚多。

不表侯虎监督台工。且说子牙借水遁，回到宋异人庄上。马氏接住：『恭喜大夫，今日回来。』子牙曰：『我如今不做官了。』马氏大惊：『为何事来？』子牙曰：『天子听妲己之言，起造鹿台，命我督工。我不忍万民遭殃，黎庶有难，是我上一本，天子不行，被我直谏。圣上大怒，把我罢职归田。我想纣王非吾之主。娘子，我同你往西岐去，守时候命。我一日时来运至，官居显爵，极品当朝，人臣第一，方不负吾心中实学。』马氏曰：『你又不是文家出身，不过是江湖一术士，天幸做了下大夫，感天子之德不浅。今命你造台，乃看顾你监工，况钱粮既多，你不管甚东西，也赚他些回来。你多大官，也上本谏言？还是你无福，只是个术士的命！』子牙曰：『娘子，你放心。是这样

官，未展我胸中才学，难遂我平生之志。你且收拾行装，打点同我往西岐去。不日官居一品，位列公卿，你授一品夫人，身着霞帔，头带珠冠，荣耀西岐，不枉我出仕一番。』马氏笑曰：『子牙，你说的是失时话。现成官你没福做，到要空拳只手去别处寻！这不是折得你苦思乱想，走投无路，舍近求远，尚望官居一品？天子命你监造台工，明明看顾你。你做的是哪里清官！如今多少大小官员，都是随时而已。』子牙曰：『你女人家不知远大。天数有定，迟早有期，各自有主。你与我同到西岐，自有下落。一日时来，富贵自是不浅。』马氏曰：『姜子牙，我和你缘分夫妻，只到的如此。我生长朝歌，决不往他乡外国去。从今说过，你行你的，我干我的，再无他说！』子牙曰：『娘子错说了。嫁鸡怎不逐鸡飞，夫妻岂有分离之理！』马氏曰：『妾身原是朝歌女子，哪里去离乡背井？子牙，你从实些，写一纸休书与我，各自投生。我决不去！』子牙曰：『娘子随我去好！一日身荣，无边富贵。』马氏曰：『我的命只合如此，也受不起大福分。你自去做一品显官，我在此受些穷苦。你再娶一房有福的夫人罢。』子牙曰：『你不要后悔！』马氏曰：『是我造化低，决不后悔！』子牙点头叹曰：『你小看了我！既嫁与我为妻，怎不随我去。必定要你同行！』马氏大怒：『姜子牙！你好，就与你好开交；如要不肯，我与父兄说知，同你进朝歌见天子，也讲一个明白！』夫妻二人正在此斗口，有宋异人同妻孙氏来劝子牙曰：『贤弟，当时这一件事是我作的。弟妇既不同你去，就写一字与他。贤弟乃奇男子，岂无佳配，何必苦苦留恋他。常言道：「心去意难留。」勉强终非是好结果。』子牙曰：『长兄、嫂在上：马氏随我一场，不曾受用一些，我心不忍离他；他倒有离我之心。长兄吩咐，我就写休书与

他。』子牙写了休书拿在手中，『娘子，书在我手中，夫妻还是团圆的。你接了此书，再不能完聚了！』马氏伸手接书，全无半毫顾恋之心。子牙叹曰：『青竹蛇儿口，黄蜂尾上针，两般自由可，最毒妇人心！』马氏收拾回家，改节去了。不题。子牙打点起行，作辞宋异人、嫂嫂孙氏：『姜尚蒙兄嫂看顾提携，不期有今日之别！』异人治酒与子牙饯行，饮罢，远送一程，因问曰：『贤弟往哪里去？』子牙曰：『小弟别兄往西岐做些事业。』异人曰：『倘贤弟得意时，可寄一音，使我也放心。』二人洒泪而别。

异人送别在长途，两下分离心思孤。
只为金兰恩义重，几回搔首意踟蹰。

话说子牙离了宋家庄，取路往孟津；过了黄河，径往渑池县，往临潼关来。只见一起朝歌奔逃百姓，有七八百黎民，父携子哭，弟为兄悲，夫妻泪落，男女悲哭之声，纷纷载道。子牙见而问曰：『你们是朝歌的民？』内中也有人认的是姜子牙，众民叫曰：『姜老爷！我等是朝歌民。因为纣王起造鹿台，命崇侯虎监督。那天杀的奸臣，三丁抽二，独丁赴役，有钱者买闲在家，累死数万人夫，尸填鹿台之下，昼夜无息。我等经不得这等苦楚，故此逃出五关。不期总兵张老爷不放我们出关。若是拿将回去，死于非命。故此伤心啼哭。』子牙曰：『你们不必如此，待我去见张总兵，替你们说个人情，放你们出关。』众人谢曰：『这是老爷天恩，普施甘露，枯骨重生！』子牙把行囊与众人看守，独自前往张总兵府来。家人问曰：『哪里来的？』子牙曰：『烦你通报，商都下大姜尚来拜你总兵。』门上人来

报：『启老爷：商都下大夫姜尚来拜。』张凤想：『下大夫姜尚来拜……他是文官，我乃武官；他近朝廷，我居关隘，百事有烦他。』急命左右请进。子牙道家打扮，不曾公服，径往里面见张凤。凤一见子牙道服而来，便坐而问曰：『来者何人？』子牙曰：『吾乃下大夫姜尚是也。』凤问曰：『大夫为何道服而来？』子牙答曰：『卑职此来，不为别事，单为众民苦切。天子不明，听妲己之言，广施土木之功，兴造鹿台，命崇侯虎督工。岂意彼陷虐万民，贪图贿赂，罔惜民力。况四方兵未息肩，上天示儆，水旱不均，民不聊生，天下失望，黎庶遭殃，可怜累死军民填于台内。荒淫无度，奸臣蛊惑天子，狐媚巧闭圣聪，命吾督造鹿台。我怎肯欺君误国，害民伤财，因此直谏。天子不听，反欲加刑于我。我本当以一死以报爵禄之恩，奈尚天数未尽，蒙恩赦宥，放归故乡，因此行到贵治。偶见许多百姓，携男拽女，扶老搀幼，悲号苦楚，甚是伤情。如若执回，又惧炮烙、虿盆，惨刑恶法，残缺肢体，骨粉魂消，可怜民死无辜，怨魂怀屈。今尚观之，心实可怜，故不辞愧面，奉谒台颜，恳求赐众民出关，黎庶从死而之生，将军真天高海阔之恩，实上天好生之德。』张凤听罢大怒，言曰：『汝乃江湖术士，一旦富贵，不思报本于君恩，反以巧言而惑我。况逃民不忠，若听汝言，亦陷我以不义。我受命执掌关隘，自宜尽臣子之节，逃民玩法，不守国规，宜当拿解于朝歌。自思只是不放过此关，彼自然回国，我已自存一线之生路矣。若论国法，连汝并解回朝，以正国典。奈吾初会，暂且姑免。』喝两边：『把姜尚叉将出去！』众人一声喝，把子牙推将出来。子牙满面羞愧。众民见子牙回来，问曰：『姜老爷，张老爷可放我等出关？』子牙曰：『张总兵连我也要拿进朝歌城去。是我说过了。』众人听罢，

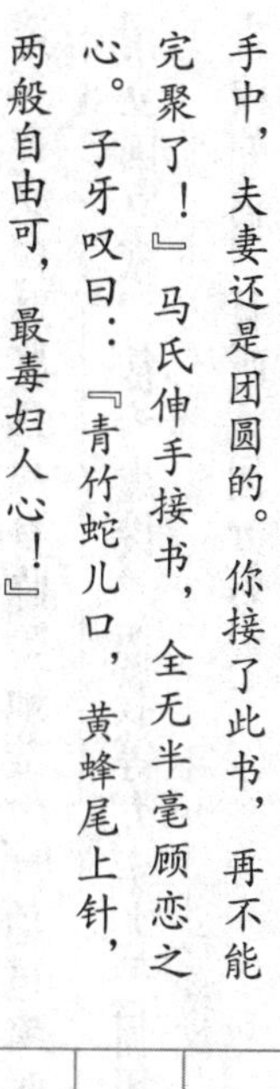

子牙写了休书拿在手中，『娘子，书在我手中，夫妻还是团圆的。你接了此书，再不能完聚了！』马氏伸手接书，全无半毫顾恋之心。子牙叹曰：『青竹蛇儿口，黄蜂尾上针，两般自由可，最毒妇人心！』

齐声叫苦，七八百黎民号啕痛哭，哀声彻野。子牙看见不忍。子牙曰：『你们众民不必啼哭，我送你们出五关去。』有等不知事的黎民，闻知此语，只说宽慰他，乃曰：『老爷也出不去，怎生救我们？』内中有知道的，哀求曰：『老爷若肯救援，便是再生之恩！』子牙道：『你们要出五关者，到黄昏时候，我叫你等闭眼，你等就闭眼。若听到耳内风响，不要睁眼。若开了眼时，跌出脑子来，不要怨我。』众人应承了。子牙到一更时候，望昆仑山拜罢，口中念念有词，一声响。这一会，子牙土遁救出万民。众人只听的风声飒飒，不一会，四百里之程，出了临潼关、潼关、穿云关、界牌关、汜水关，到金鸡岭，子牙收了土遁，众民落地。子牙曰：『众人开眼！』众人睁开了眼。子牙曰：『此处就是汜水关外金鸡岭，乃西岐州地方。你们好好去罢！』众人叩头谢曰：『老爷，天垂甘露，普救群生，此恩此德，何日能报！』众人拜别。不题。

且说子牙往磻溪隐迹。有诗为证：

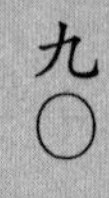

弃却朝歌远市尘，法施土遁救民生，
闲居渭水垂竿待，只等风云际会缘。
武吉灾殃为引道，飞熊仁兆主求贤。
八十才逢明圣主，方立周朝八百年。

话说众民等待天明，果是西岐地界。过了金鸡岭，便是首阳山；走过燕山，又过了白柳村，前至西岐山；过了七十里，至西岐城。众民进城，观看景物：民丰物阜，行人让路，老幼不欺，市井谦和，真乃尧天舜日，别是一番风景。众民作一手本，投递上大夫府。散宜生接看手本。翌日伯邑考传命：『既朝歌逃民因纣王失政，来归吾土，无妻者给银与他娶妻。又与银子，令众人僦居安处。鳏寡孤独者在三济仓造名，自领口粮。』宜生领命。邑考曰：『父王囚羑里七年，孤欲自往朝歌，代父赎罪。卿等意下如何？』散宜生奏曰：『臣启公子，主公临别之言，「七年之厄已满，灾完难足，自然归国」。不得造次，有违主公临别之言。如公子于心不安，可差一士卒前去问安，亦不失为子之道。何必自驰鞍马，身临险地哉。』伯邑考叹曰：『父王有难，七载禁于异乡，举目无亲。为人子者，于心何忍。所谓立国立家，徒为虚设，要我等九十九子何用！我自带祖遗三件宝贝，往朝歌进贡，以赎父罪。』伯邑考此去，不知吉凶如何，且听下回分解。

第十九回　伯邑考进贡赎罪

诗曰：

忠臣孝子死无辜，只为殷商有怪狐。
淫乱不羞先荐耻，贞诚岂畏后来诛。
宁甘万刃留青白，不受千娇学独夫。
史册不污千载恨，令人屈指泪如珠。

话说伯邑考要往朝歌为父赎罪。时有上大夫散宜生阻谏，公子立意不允，随进宫辞母太姬，要往朝歌赎罪。太姬曰：『汝父被羁羑里，西岐内外事托付何人？』考曰：『内事托与兄弟姬发，外事托付与散宜生，军务托付南宫适。孩儿亲往朝歌面君，以进贡为名，请赎父罪。』母亲见伯邑考坚执要去，只得依允，吩咐曰：『孩儿此去，须要小心！』邑考辞出，竟到殿前与弟姬发言曰：『兄弟好生与众兄弟和美，不可改西岐规矩。我此去朝歌，多则三月，少则二月，即便回程。』邑考吩咐毕，收拾宝物进贡，择日起行。姬发同文武九十八弟，在十里长亭饯别。邑考与众人饮酒作辞。一路前行，扬鞭纵马，过了些红杏芳林，行无限柳阴古道。伯邑考与从人一日行至汜水关。关上军兵见两杆进贡幡幢，上书西伯侯旗号。军官来报主帅。守关总兵韩荣命开关。邑考进关，一路无辞。行过五关，来到渑池县，渡黄河至孟津，进了朝歌城，皇华馆驿安下。次日，问驿丞：『丞相府住在哪里？』驿丞答曰：『在太平街。』

次日，邑考来至午门，并不见一员官走动，又不敢擅入午门。往返五日。邑考素缟抱本立于午门外。少时，只见一位大臣骑马而至，乃亚相比干也。伯邑考向前跪下。比干问曰：『阶下跪者何人？』邑考答曰：『吾乃犯臣姬昌子伯邑考。』比干闻言，滚鞍下马，以手相扶，口称：『贤公子请起！』二人立在午门外。比干问曰：『公子为何事至此？』邑考答曰：『父亲得罪于天子，蒙丞相保护，得全性命，此恩真天高地厚，愚父子弟兄，铭刻难忘！只因七载光阴，父亲久羁羑里，人子何以得安。想天子必思念循良，岂肯甘为鱼肉。邑考与散宜生共议，将祖遗镇国异宝，进纳王廷，代父赎罪。万望丞相开天地仁慈之心，怜姬昌久羁羑里之苦，倘蒙赐骸骨，得归故土，真恩如太山，德如渊海。西岐万姓，无不感念丞相之大恩也。』比干答曰：『公子纳贡，乃是何宝？』伯邑考曰：『自始祖亶父所遗七香车，醒酒毡，白面猿猴，美女十名，代父赎罪。』比干曰：『七香车有何贵乎？』邑考答曰：『七香车：乃轩辕皇帝破蚩尤于北海，遗下此车，若人坐上面，不用推引，欲东则东，欲西则西——乃传世之宝也。醒酒毡：倘人醉酩酊，卧此毡上，不消时刻即醒。白面猿猴：虽是畜类，善知三千小曲，八百大曲，能讴筵前之歌，善为掌上之舞，真如呖呖莺簧，翩翩弱柳。』比干听罢，『此宝虽妙，今天子失德，又以游戏之物进贡，正是助桀为虐，荧惑圣聪，反加朝廷之乱；无奈公子为父羁囚，行其仁孝，一点真心，此本我替公子转达天听，不负公子来意耳。』比干往摘星楼下候旨。

奉御官启奏：『亚相比干见驾。』纣王曰：『宣比干上楼。』比干上楼朝见。王曰：『朕无旨宣召，卿有何

纣王命宣邑考上楼。邑考肘膝而行，俯伏奏曰：『犯臣子伯邑考朝见。』纣王曰：『姬昌罪大忤君，今子纳贡为父赎罪，亦可为孝矣。』

表章？』比干奏曰：『臣启陛下：西伯侯姬昌子伯邑考，纳贡代父赎罪。』王曰：『伯邑考纳进何物？』比干将进贡本呈上。帝览毕，向比干曰：『七香车，醒酒毡，白面猿猴，美女十名代西伯侯赎罪。』纣王命宣邑考上楼。邑考肘膝而行，俯伏奏曰：『犯臣子伯邑考朝见。』纣王曰：『姬昌罪大忤君，今子纳贡为父赎罪，亦可为孝矣。』伯邑考奏曰：『犯臣姬昌罪犯忤君，赦宥免死，暂居羑里，臣等举室感陛下天高海阔之洪恩，仰地厚山高之大德。今臣等不揣愚陋，昧死上陈，请代父罪。倘荷仁慈，赐以再生，得赦归国，使臣母子等骨肉重完，臣等万载瞻仰陛下好生之德出于意外也。』纣王见邑考悲惨，为父陈冤，极其恳至，知是忠臣孝子之言，不胜感动，乃赐邑考平身。邑考谢恩，立于栏杆之外。妲己在帘内，见邑考丰姿都雅，目秀眉清，唇红齿白，言语温柔。妲己传旨：『卷去珠帘。』左右宫人将珠帘高卷，搭上金钩。纣王见妲己出来，口称：『御妻，今有西伯侯之子伯邑考纳贡代父赎罪，情实可矜。』妲己奏曰：『妾闻西岐伯邑考善能鼓琴，真世上无双，人间

绝少。』纣王曰：『御妻何以知之？』妲己曰：『妾虽女流，幼在深闺闻父母传说，邑考博通音律，鼓琴更精，深知大雅遗音，妾所以得知。陛下可着邑考抚弹一曲，便知深浅。』纣王乃酒色之徒，久被妖氛所惑，一听其言，便命伯邑考叩见妲己。邑考朝拜毕。妲己曰：『伯邑考，闻你善能鼓琴，你今试抚一曲何如？』邑考奏曰：『娘娘在上：臣闻父母有疾，为人子者，不敢舒衣安食。今犯臣父七载羁囚，苦楚万状，臣何忍蔑视其父，自为喜悦而鼓琴哉！况臣心碎如麻，安能宫商节奏，有辱圣聪。』纣王曰：『邑考，你当此景，抚操一曲，如果稀奇，赦你父子归国。』邑考听见此言，大喜谢恩。纣王传旨，取琴一张。邑考盘膝坐在地上，将琴放在膝上，十指尖尖，拨动琴弦，抚弄一曲，名曰『风入松』：

杨柳依依弄晓风，桃花半吐映日红。
芳草绵绵铺锦绣，任他车马各西东。

邑考弹至曲终，只见音韵幽扬，真如戛玉鸣珠，万壑松涛，清婉欲绝，令人尘襟顿爽，恍如身在瑶池凤阙；而笙簧箫管，檀板讴歌，觉俗气逼人耳。诚所谓『此曲只应天上有，人间能得几回闻』。纣王听罢，心中大悦，对妲己曰：『真不负御妻所闻。邑考此曲可称尽善尽美。』妲己奏曰：『伯邑考之琴，天下共闻，今亲觌其人，所闻未尽所见。』纣王大喜，传旨：摘星楼排宴。妲己偷睛看邑考，面如满月，丰姿俊雅，一表非俗，其风情袅袅动人。妲己又看纣王容貌，大是暗昧，不甚动人。——看官：纣王虽是帝王之相，怎经色欲相亏，形容枯槁。自古佳人爱少年，何况妲己乃一妖魅乎。妲己暗想：『且将邑考留在此处，假说传琴，乘机挑逗，庶几成就鸾凤，共效于飞之乐。况他少年，其为补益更多，而拘拘于此老哉。』妲己设计欲留邑考，随即奏曰：『陛下当赦西伯父子归国，固是陛下浩荡之恩，但邑考琴为天下绝调，今赦之归国，朝歌竟为绝响，深为可惜。』纣王曰：『如之奈何？』妲己奏曰：『妾有一法，可全二事。』纣王曰：『卿有何妙策可以两全？』妲己曰：『陛下可留邑考在此，传妾之琴，俟妾学精熟，早晚侍陛下左右，以助皇上清暇一乐。一则西伯父子感陛下赦宥之恩；二则朝歌不致绝瑶琴之乐，庶几可以两全。』纣王闻言，以手拍妲己之背曰：『贤哉爱卿！真是聪慧贤明，深得一举两全之道。』随传旨：『留邑考在此楼传琴。』妲己不觉暗喜：『我如今且将纣王灌醉了，扶去浓睡，我自好与彼行事，何愁此事不成。』忙传旨排宴。纣王以为妲己好意，岂知内藏伤风败俗之情，大坏纲常礼义之防。妲己手奉金杯，对纣王曰：『陛下进此寿酒！』纣王以为美爱，只顾欢饮，不觉一时酩酊。妲己命左右侍御宫人，扶皇上龙榻安寝，方着邑考传琴。两边宫人取琴二张，上一张是妲己，下一张是伯邑考传琴。邑考奏曰：『犯臣子启娘娘：此琴有内外五形，六律五音。吟、揉、勾、剔。左手龙睛，右手凤目，按宫、商、角、徵、羽。又有八法，乃抹、挑、勾、剔、撇、托、剷、打。有六忌，七不弹。』妲己问曰：『何为六忌？』邑考曰：『闻哀，恸泣，专心事，忿怒情怀，戒欲，惊。』妲己又问：『何为七不弹？』邑考曰：『疾风骤雨，大悲大哀，衣冠不正，酒醉性狂，无香近亵，不知音近俗，不洁近秽：遇此皆不弹也。此琴乃太古遗音，乐而近雅，与诸乐大不相同，其中有八十一大调，五十一小调，三十六等音。』有诗为证：

音和平兮清心目，世上琴声天上曲。
尽将千古圣人心，付与三尺梧桐木。

邑考言毕，将琴拨动，其音嘹亮，妙不可言。且说妲己原非为传琴之故，实为贪邑考之姿容，挑逗邑考，欲效于飞，纵淫败度，何尝留心于琴。于是左右勾引，故将脸上桃花现娇艳夭姿，风流国色。转秋波，送娇滴滴情怀；启朱唇，吐软温温悄语。无非欲动邑考，以惑乱其心。邑考乃圣人之子，因为父受羁囚之厄，欲行孝道，故不辞涉水之劳，往朝歌进贡，代赎父罪，指望父子同还故都，哪有此意？虽是传琴，心如铁石，意若坚钢，眼不旁观，一心只顾传琴。妲己两番三次勾邑考不动。妲己曰：『此琴一时难明。』吩咐左右：『且排上宴来。』两边随办上宴来。妲己命席旁设坐，令邑考侍宴。邑考魂不附体，跪而奏曰：『邑考乃犯臣之子，荷蒙娘娘不杀之恩，赐以再生之路，感圣德真如山海。娘娘乃万乘之尊，人间国母，邑考怎敢侧坐。臣当万死！』邑考俯伏，不敢抬头。妲己曰：『邑考之言差矣！若论臣子，果然坐不得；若

论传琴，乃是师徒之道，坐即何妨。』伯邑考闻妲己之言，暗暗切齿：『这贱人把我当作不忠、不德、不孝、不仁、非礼、非义、不智、不良之类。想吾始祖亶父在尧为臣，官居司农之职；相传数十世，累代忠良。今日邑考为父朝商，误入陷阱。岂知妲己又邪淫坏主上之纲常，有伤于风化，深辱天子，其恶不小。我邑考宁受万刃之诛，岂可坏姬门之节也。九泉之下，何颜相见始祖哉！』且说妲己见邑考俯伏不言，又见邑考不动心情，并无一计可施。妲己邪念不绝：『我到有爱恋之心，他全无顾盼之意。也罢，我再将一法引逗他，不怕此人心情不动耳！』妲己只得命宫人将酒收了，令邑考平身，曰：『卿既坚执不饮，可还依旧用心传琴。』邑考领旨，依旧抚琴，照前勾拨多时。妲己猛曰：『我居于上，你在于下，所隔疏远，按弦多有错乱，甚是不便，焉能一时得熟。我有一法，可以两便，又相近，可以按纳，有何不可。』邑考曰：『久抚自精，娘娘不必性急。』妲己曰：『不是这等说。今夜不熟，明日主上问我，我将何言相对？深为不便。可将你移于上坐，我坐你怀内，你拿着我手双拨此弦，不用一刻即熟，何劳多延日月哉。』就把伯邑考吓得魂游万里，魄走三千。邑考思量：『此是大数已定，料难脱此罗网，毕竟做个青白之鬼，不负父亲教子之方，只得把忠言直谏，就死甘心。』邑考正色奏曰：『娘娘之言，使臣万载竟为狗彘之人！史官载在典章，以娘娘为何如后！娘娘乃万姓之国母，受天下诸侯之贡贺，享椒房至尊之贵，掌六宫金阙之权；今为传琴一事，亵尊一至于此，深属儿戏，成何体统！使此事一闻于外，虽娘娘冰清玉洁，而天下万世又何信哉。娘娘请无性急，使旁观若有辱于至尊也。』就把妲己羞得彻耳通红，无言可对。随传旨命伯邑考暂退。邑考下楼，回馆驿，不题。

且说妲己深恨：『这等匹夫，轻人如此！「我本将心托明月，谁知明月照沟渠！」反被他羞辱一场。管教你粉骨碎身，方消吾恨！』妲己只得陪纣王安寝。次日天明，纣王问妲己曰：『夜来伯邑考传琴，可曾精熟？』妲己枕边挑剔，乘机谮曰：『妾身启陛下：夜来伯邑考无心传琴，反起不良之念，将言调戏，甚无人臣礼。妾身不得不奏。』纣王闻言大怒曰：『这匹夫焉敢如此！』随即起来，整饬用膳，传旨：『宣伯邑考。』邑考在馆驿，闻命即至摘星楼下候旨。王命：『宣上楼来。』邑考上楼，叩拜在地，王曰：『昨日传琴，为何不尽心相传，反迁延时刻，这是何说？』邑考奏曰：『学琴之事，要在心坚意诚，方能精熟。』妲己在旁言曰：『琴中之法无他，若仔细分明，讲的斟酌，岂有不精熟之理。只你传习不明，讲论糊涂，如何得臻其音律之妙。』纣王听妲己之言，夜来之事，不好明言，随命邑考：『再抚一曲与朕亲听，看是如何。』邑考受命，膝地而坐，抚弄瑶琴，自思：『不若于琴中寓以讽谏之意。』乃叹纣王一词曰：

一点忠心达上苍，祝君寿算永无疆。

风和雨顺当今福，一统山河国祚长。

纣王静听琴内之音，俱是忠心爱国之意，并无半点欺谤之言，将何罪于邑考。妲己见纣王无有加罪之心，以言挑之曰：『伯邑考前进白面猿猴，善能歌唱。陛下可曾听其歌唱否？』纣王曰：『夜来听琴有误，未曾演习；今日命邑考进上楼来，以试一曲，如何？』邑考领旨到馆驿，将猿猴进上摘星楼，开了红笼，放出猿猴。邑考将檀板递与白猿。白猿轻敲檀板，婉转歌喉，音若笙簧，满楼嘹亮，高一声如凤鸣之音，低一声似鸾啼之美，愁人听而舒眉，欢人听而抚掌，泣人听而止泪，明人听而如痴。纣王闻之，颠倒情怀。妲己听之，芳心如醉。宫人听之，为世上之罕有。那猿猴只唱的神仙着意，嫦娥侧耳，就把妲己唱得神荡意迷，情飞心逸，如醉如痴，不能检束自己形体，将原形都唱出来了。这白猴乃千年得道之猿，修的十二重楼横骨俱无，故此善能歌唱；又修成火眼金睛，善看人间妖魅。妲己原形现出，白猿看见上面有个狐狸——不知狐狸乃妲己本相——白猿虽是得道之物，终是个畜类。此猿将檀板掷于地下，隔九龙侍席上，一撺劈面来抓妲己。妲己往后一闪，早被纣王一拳将白猿打跌在地，死于地下。命宫人扶起。妲己曰：『伯邑考明进猿猴，暗为行刺，若非陛下之恩相救，妾命休矣！』纣王大怒，喝左右：『将伯邑考拿下，送入虿盆！』两边侍御官将邑考拿下。邑考厉声大叫『冤枉』不绝。纣王听邑考口称冤枉，命且放回。纣王问曰：『你这匹夫！白猿行刺，众目所视，为何强辩，口称「冤枉」，何也？』邑考泣奏曰：『猿猴乃山中之畜，虽修人语，野性未退；况猴子善喜果品，不用烟火之物，今见陛下九龙侍席之上，百般果品，心中急欲取果物，便弃檀板而撺酒席；且猿猴手无寸刃，焉能行刺？臣伯邑考世受陛下洪恩，焉敢造次？愿陛下究察其情，臣虽寸磔，死亦瞑目矣。』纣王听邑考之言，暗思多时，转怒为喜，言曰：『御妻，邑考之言是也。猿猴乃山中之物，终是野性，况无刃岂能行刺？』随赦邑考。邑考谢恩。妲己曰：『既赦邑考无罪，你再将瑶琴抚弄一奇词异调，琴内果有忠良之心，便罢，若有倾危之语，决不赦饶。』纣王曰：『御妻之言甚善。』邑考听妲己之奏，暗想：『这一番谅不能脱其圈套。就将此残躯以为直谏，就死万刃之下，留之史册，也见我姬姓累世不失忠良。』邑考领旨坐地，就于膝上抚弄一曲，词曰：

明君作兮布德行仁，未闻忍心兮重敛烦刑。炮烙炽兮筋骨粉，虿盆惨兮肺腑惊。万姓精血竟入酒海，四方膏脂尽悬肉林。机杼空兮鹿台才满，犁锄折兮巨桥粟盈。我愿明君兮去谗逐淫，振刷纲纪兮天下太平！

邑考抚罢，纣王不明其音。妲己妖魅，听得琴中之音有毁谤君上之言。妲己以手指邑考骂曰：『大胆匹夫！敢于琴中暗寓毁谤之言，辱君骂主，情殊可恨！真是刁恶之徒，罪不容诛！』纣王问妲己曰：『琴中毁谤，朕尚不明。』妲己将琴中之意，细说一番。纣王大怒，喝左右来拿。邑考奏曰：『臣还有结句一段，试抚于陛下听矣。』词曰：

愿王远色兮再正纲常，天下太平兮速废娘娘。妖氛灭兮诸侯悦服，却邪淫兮社稷宁康。陷邑考兮不怕万死，绝妲己兮史氏传扬！

邑考作歌已毕，回首将琴隔侍席打来，只打得盘碟纷飞。妲己将身一闪，跌倒在地。纣王大怒曰：『好匹夫！猿猴行刺，被你巧言说过，你将琴击皇后，分明弑逆，罪不容诛！』喝左右侍驾官：『将邑考拿下摘星楼，送入虿盆！』众宫人扶起，妲己奏曰：『陛下且将邑考拿下楼去，妾身自有处治。』纣王随听妲己之言，把邑考拿下楼。妲己命左右取钉四根，将邑考手足钉了，用刀碎剐。可怜一身拿下，钉了手足。邑考大叫，骂不绝口：『贱人！你将成汤锦绣江山化为乌有。我死不足惜，忠名常在，孝节永存。贱人！我生不能啖汝之肉，死后定为厉鬼食汝之魂！』可怜孝子为父朝商，竟遭万刃剐尸！不一时，将邑考剐成肉酱。纣王命付于虿盆，喂了蛇蝎。妲己曰：『不可。妾常闻姬昌号为圣人，说他能明祸福，善识阴阳。妾闻圣人不食子肉，今将邑考之肉着厨役用作料，做成肉饼，赐与姬昌。若昌竟食此肉，乃是妄诞虚名，祸福阴阳俱是谬说，竟可赦宥，以表皇上不杀之仁；如果不食，当速杀姬昌，恐遗后患。』纣王曰：『御妻之言正合朕意。速命厨役，将邑考肉作饼，差官押送羑里，赐与姬昌。』不知西伯性命如何，且听下回分解。

第二十回　散宜生私通费尤

诗曰：

自古权奸止爱钱，构成机彀害忠贤。
不无黄白开生路，也要青蚨入锦缠。
成己不知遗国恨，遗灾哪问有家延？
孰知反复原无定，悔却吴钩错倒捻。

且言西伯侯囚于羑里城——即今河北相州汤阴县是也——每日闭门待罪，将伏羲八卦变为八八六十四卦，重为三百八十四爻，内按阴阳消息之机，周天划度之妙，后为『周易』。姬伯闲暇无事，闷抚瑶琴一曲，猛然琴中大弦忽有杀声，西伯惊曰：『此杀声主何怪事？』忙止琴声，慌取金钱占一课，便知分晓。姬伯不觉流泪曰：『我儿不听父言，遭此碎身之祸！今日如不食子肉，难逃杀身之祸；如食子肉，其心何忍！使我心如刀绞，不敢悲啼。如泄此机，我身亦自难保。』姬伯只得含悲忍泪，不敢出声，作诗叹曰：

孤身抱忠义，万里探亲灾。
未入羑里城，先登殷纣台。
抚琴除妖妇，顷刻怒心推。

可惜青年客，魂游劫运灰！

姬昌作毕，左右不知姬伯心事，俱默默不语。话未了时，使命官到，有旨意下。姬伯缟素接旨，口称：『犯臣死罪。』姬昌接旨，开读毕，使命官将龙凤膳盒摆在右面。使命曰：『主上见贤侯在羑里久羁，圣心不忍。昨日圣驾幸猎，打得鹿獐之物，做成肉饼，特赐贤侯，故有是命。』姬昌跪在案前，揭开膳盒，言曰：『圣上受鞍马之劳，反赐犯臣鹿饼之享，愿陛下万岁！』谢恩毕，连食三饼，将盒盖了。使命见姬昌食了子肉，暗暗叹曰：『人言姬伯能知先天神数，善晓吉凶，今日见子肉而不知，速食而甘美，所谓阴阳吉凶，皆是虚语！』且说姬昌明知子肉，含忍苦痛，不敢悲伤，勉强精神对使命言曰：『钦差大人，犯臣不能躬谢天恩，敢烦大人与昌转达，昌就此谢恩便了。』姬伯倒身下拜：『蒙圣上之恩光，又普照于羑里。』使命官回朝歌。不题。且说姬伯思子之苦，不敢啼哭，暗暗作诗叹曰：

一别西岐到此间，曾言不必渡江关。

只知进贡朝昏主，莫解迎君有犯颜。

年少忠良空惨切，泪多时雨只潸潸。

游魂一点归何处，青史名标是等闲。

姬伯作毕诗，不觉忧忧闷闷，寝食俱废在羑里。不题。

且说使命官回朝复命。纣王在显庆殿与费仲、尤浑弈棋。左右侍驾官启奏：『使命候旨。』纣王传旨：『宣至殿

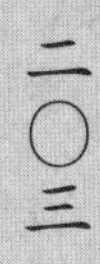

廷回旨。』奏曰：『臣奉旨将肉饼送至羑里，姬昌谢恩言曰：「姬昌犯罪当死，蒙圣恩赦以再生，已出望外；今皇上受鞍马之劳，犯臣安逸而受鹿饼之赐，圣恩浩荡，感刻无地！」跪在地上，揭开膳盒，连食三饼，叩头谢恩。又对臣曰：「犯臣姬昌不得面觌天颜。」又拜八拜，乞使命转达天廷。今臣回旨。』纣王听使臣之言，对费仲曰：『姬昌素有重名，善演先天之数，吉凶有准，祸福无差；今观自己子肉食而不知，人言可尽信哉！朕念姬昌七载羁囚，欲赦还国，二卿意下以为如何？』费仲奏曰：『昌数无差，定知子肉。恐欲不食，又遭屠戮，只得勉强忍食，以为脱身之计，不得已而为之也。陛下不可不察，误中奸计耳。』王曰：『昌知子肉，决不肯食。』又言：『昌乃大贤，岂有大贤忍啖子肉哉。』费仲奏曰：『姬昌外有忠诚，内怀奸诈，人皆为彼瞒过，不如且禁羑里；似虎投陷阱，鸟困雕笼，虽不杀戮，也磨其锐气。况今东南二路已叛，尚未慑服；今纵姬昌于西岐，是又添一患矣。乞陛下念之。』王曰：『卿言是也。』——此还是西伯侯灾难未满，故有谗佞之阻。有诗为证：

羑里城中灾未满，费尤在侧献谗言。
若无西地宜生计，焉得文王返故园。

不说纣王不赦姬昌，且说邑考从人已知纣王将公子醢为肉酱，星夜逃回，进西岐来见二公子姬发。姬发一日升殿，端门官来报：『有跟随公子往朝歌家将候旨。』姬发听报，传令旨，宣众人到殿前。众人哭拜在地。姬发慌问其故。来人启曰：『公子往朝歌进贡，不曾到羑里见老爷，先见纣王。不知何事，将殿下醢为肉酱。』姬发听言，大哭

于殿廷，几乎气绝。只见两边文武之中，有大将军南宫适大叫曰：『公子乃西岐之幼主，今进贡与纣王，反遭醢尸之惨。我等主公遭囚羑里，虽是昏乱，吾等还有君臣之礼，不肯有负先王；今公子无辜而受屠戮，痛心切骨，君臣之义已绝，纲常之分俱乖。今东南两路苦战多年，吾等奉国法以守臣节，今已如此，何不统两班文武，将倾国之兵，先取五关，杀上朝歌，剿戮昏君，再立明主。正所谓定祸乱而反太平，亦不失为臣之节！』只见两边武将听南宫适之言，时有四贤、八俊：辛甲、辛免、太颠、闳夭、祁公、尹积，西伯侯有三十六教习子姓姬叔度等，齐大叫：『南将军之言有理！』众文武切齿咬牙，竖眉睁目，七间殿上，一片喧嚷之声，连姬发亦无定主。只见散宜生厉声言曰：『公子休乱，臣有事奉启！』发曰：『上大夫今有何言？』宜生曰：『公子命刀斧手先将南宫适拿出端门斩了，然后再议大事。』姬发与众将问曰：『先生为何先斩南将军？此理何说？使诸将不服。』宜生对诸将言曰：『此等乱臣贼子，陷主君于不义，理当先斩，再议国事。诸公只知披坚执锐，一勇无谋。不知老大王克守臣节，硁硁不贰，虽在羑里，定无怨言。公等造次胡为，兵未到五关，先陷主公于不义而死，此诚何心。故先斩南宫适，而后再议国是也。』公子姬发与众将听罢，个个无言，默默不语。南宫适亦无语低头。宜生曰：『当日公子不听宜生之言，今日果有杀身之祸。昔日大王往朝歌之日，演先天之数，「七年之殃，灾满难足，自有荣归之日，不必着人来接。」一言犹在耳，殿下不听，至有此祸。况又失于打点，今纣王宠信费、尤二贼，临行不带礼物贿赂二人，故殿下有丧身之祸。为今之计，不若先差官一员，用重赂私通费、尤，使内外相应；待臣修书，恳切哀求。若奸臣受贿，必在纣王面前以好言解释。

老大王自然还国，那时修德行仁，俟纣恶贯盈，再会天下诸侯共伐无道。兴吊民伐罪之师，天下自然响应。废去昏庸，再立有道，人心悦服。不然，徒取败亡，遗臭后世，为天下笑耳。』姬发曰：『先生之教甚善，使发顿开茅塞，真金玉之论也。不知先用何等礼物？所用何官？先生当明以告我。』宜生曰：『不过用明珠白璧、彩缎表里、黄金玉带，共礼二分：一分差太颠送费仲；一分差闳夭送尤浑。使二将星夜进五关，扮做商贾，暗进朝歌。费、尤二人若受此礼，大王不日归国，自然无事。』公子大喜，即忙收拾礼物。宜生修书，差二将往朝歌来。有诗曰：

明珠白璧共黄金，暗进朝歌贿佞臣。
慢道财神通鬼使，果然世利动人心。
成汤社稷成残烛，西伯江山若茂林。
不是宜生施妙策，天教殷纣自成擒。

且说太颠，闳夭扮做经商，暗带礼物，星夜往汜水关来。关上查明，二将进关。一路上无词，过了界牌关，八十里进了穿云关，又进潼关，一百二十里又至临潼关，过渑池县，渡黄河，到孟津，至朝歌。二将不敢在馆驿安住，投客店歇下，暗暗收拾礼物。太颠往费仲府下书；闳夭往尤浑府下书。

且说费仲抵暮出朝，归至府第无事。守门官启老爷：『西岐有散宜生差官下书。』费仲笑曰：『迟了！着他进来。』太颠来到厅前，只得行礼参见。费仲问曰：『汝是甚人，夤夜见我？』太颠起身答曰：『末将乃西岐神武将军费仲看了书共礼单，自思：『此礼价值万金，如今怎能行事。』沉思半晌，乃吩咐太颠曰：『你且回去，多拜上散大夫，我也不便修回书。等我早晚取便，自然令你主公归国，决不有负你大夫相托之情。』太颠拜谢告辞，自回下处。

太颠是也。今奉上大夫散宜生命，具有表礼，蒙大夫保全我主公性命，再造洪恩，高深莫极，每思毫无尺寸相补，以效涓涯，今特差末将有书投见。』费仲命太颠平身，将书拆开观看。书曰：

西岐卑职散宜生顿首百拜致书于上大夫费公恩主台下：久仰大德，未叩台端，自愧驽骀，无缘执鞭，梦想殊渴。兹启：敝地恩主姬伯，冒言忤君，罪在不赦。深感大夫垂救之恩，得获生全。虽囚羑里，实大夫再赐之余生耳。不胜庆幸，其外又何敢望焉。职等因僻处一隅，未伸衔结，日夜只有望帝京遥祝万寿无疆而已。今特遣大夫太颠，具不腆之仪，白璧二双，黄金百镒，表里四端，少曝西土众士民之微忱，幸无以不恭见罪。但我主公以衰末残年，久羁羑里，情实可矜，况有倚闾老母，幼子孤臣，无不日夜悬思，希图再睹，此亦仁人君子所共怜念者也。恳祈恩台大开慈隐，法外施仁，一语回天，得赦归国，则恩台德海仁山，西土众姓，无不衔恩于世世矣。临书不胜悚栗待命之至！谨启。

费仲看了书共礼单，自思：『此礼价值万金，如今怎能行事。』沉

思半晌，乃吩咐太颠曰：『你且回去，多拜上散大夫，我也不便修回书。等我早晚取便，自然令你主公归国，决不有负你大夫相托之情。』太颠拜谢告辞，自回下处。不一时闳夭也往尤浑处送礼回至，二人相谈，俱是一样之言。二将大喜，忙忙收拾回西岐去讫。不表。

自费仲受了散宜生礼物，也不问尤浑；尤浑也不问费仲；二人各推不知。一日，纣王在摘星楼与二臣下棋。纣王连胜了二盘，纣王大喜，传旨排宴。费、尤侍于左右，换盏传杯。正欢饮之间，忽纣王言起伯邑考鼓琴之雅，猿猴讴歌之妙，又论：『姬昌自食子肉，所论先天之数，皆系妄谈，何尝先有定数。』费仲乘机奏曰：『臣闻姬昌素有叛逆不臣之心，一向防备。臣于前数日着心腹往羑里探听虚实。羑里军民俱言姬昌实有忠义，每月逢朔望之辰，焚香祈求陛下国祚安康，四夷拱服，国泰民安，雨顺风调，四民乐业，社稷永昌，宫闱安静。陛下囚昌七载，并无一怨言。据臣意，看姬昌真乃忠臣。』纣王言曰：『卿前日言姬昌「外有忠诚，内怀奸诈，包藏祸心，非是好人」，何今日言之反也？』费仲又奏曰：『据人言，昌或忠或佞，入耳难分，一时不辨，因此臣暗使心腹，探听真实，方知昌是忠耿之人。正所谓「路遥知马力，日久见人心」。』纣王曰：『尤大夫以为何如？』尤浑启曰：『依费仲所奏，其实不差。据臣所言，姬昌数年困苦，终日羁囚，训羑里万民，万民感德，化行俗美，民知有忠孝节义，不知妄作邪为，所以民称姬昌为圣人，日从善类。陛下问臣，臣不敢不以实对。方才费仲不奏，臣亦上言矣。』纣王曰：『二卿所奏既同，毕竟姬昌是个好人。朕欲赦姬昌，二卿意下何如？』费仲曰：『姬昌之可赦不可赦，臣不敢主张；但姬昌忠孝

之心，致羁羑里，毫无怨言，若陛下怜悯，赦归本国，是姬昌以死而之生，无国而有国，其感戴陛下再生之恩，岂有已时。此去必效犬马之劳，以不负生平报德酬恩。臣量姬昌以不死之年忠心于陛下也。』尤浑在侧，见费仲力保，想必也是得了西岐礼物，所以如此，『我岂可单让他做情。我一发使姬昌感激。』尤浑出班奏曰：『陛下天恩，既赦姬昌，再加一恩典，彼自然倾心为国。况今东伯侯姜文焕造反，攻打游魂关，大将窦荣大战七年，未分胜负。南伯侯鄂顺谋逆，攻打三山关，大将邓九公亦战七载，杀戮相半。刀兵竟无宁息，烽烟四起。依臣愚见，将姬昌反加一王封，假以白旄、黄钺，得专征伐，代劳天子，威镇西岐。况姬昌素有贤名，天下诸侯畏服，使东南两路知之，不战自退。正所谓举一人而不肖者远矣。』纣王闻奏大喜，曰：『尤浑才智双全，尤属可爱。费仲善挽贤良，实是可钦。』二臣谢恩。纣王即降赦条，单赦姬昌速离羑里。有诗为证：

天运循环大不同，七年方满出雕笼。
费尤受赂将言谏，社稷成汤画饼中。
加任文王归故土，五关父子又重逢。
灵台应兆飞熊至，渭水溪边遇太公。

且说使臣持赦出朝歌，众官闻知大喜。使臣竟往羑里而来。不题。

且说西伯侯在羑里之中，闲思长子之苦，被纣王醢尸，叹曰：『我儿生在西岐，绝于朝歌，不听父言，遭此横

王曰：『卿在羑里，七载羁囚，毫无一怨言，而反祈朕国祚绵长，求天下太平，黎民乐业，可见卿有忠诚，朕实有负于卿矣。今朕特诏，赦卿无罪。七载无辜，仍加封贤良忠孝百公之长，特专征伐。赐卿白旄、黄钺，坐镇西岐。每月加禄米一千石。文官二名，武将二员，送卿荣归。仍赐龙德殿筵宴，游街三日，拜阙谢恩。』西伯侯谢恩。

祸。圣人不食子肉，我为父不得已而咬者，乃从权之计。』正思想邑考，忽一阵怪风，将檐瓦吹落两块在地，跌为粉碎。西伯惊曰：『此又是异征！』随焚香，将金钱搜求八卦，早解其情。姬伯点首叹曰：『今日天子赦至。』唤左右：『天子赦到，收拾起行。』众随侍人等，未肯尽信。不一时，使臣传旨，赦书已到。西伯接赦礼毕。使臣曰：『奉圣旨，单赦姬伯老大人。』姬伯望北谢恩，随出羑里。父老牵羊担酒，簇拥道旁，跪接曰：『千岁今日龙逢云采，凤落梧桐，虎上高山，鹤栖松柏；七载蒙千岁教训抚字，长幼皆知忠孝，妇女皆知贞洁，化行俗美，大小居民，不拘男妇，无不感激千岁洪恩。今一别尊颜，再不能得沾雨露。』左右泣下。西伯亦泣而言曰：『吾羁囚七载，毫无尺寸美意与尔众民，又劳酒礼，吾心不安。只愿尔等不负我常教之方，自然百事无亏，得享朝廷太平之福矣。』黎民越觉悲伤，远送十里，洒泪而别。西伯侯一日到了朝歌。百官在午门候接。只见微子、箕子、比干、微子启、微子衍、麦云、麦智、黄飞虎八谏议大夫都来见西伯侯。姬昌见众

官慌忙行礼，慰曰：『犯官七年未见众位大人，今一旦荷蒙天恩特赦，此皆叨列位大人之福荫，方能再见天日也。』众官见姬昌年迈，精神加倍，彼此慰喜。只见使命回旨。天子正在龙德殿，闻知候旨，命宣众官随姬昌朝见。只见姬昌缟素俯伏，奏曰：『犯臣姬昌，罪不胜诛，蒙恩赦宥，虽粉骨碎身，皆陛下所赐之年。愿陛下万岁！』王曰：『卿在羑里，七载羁囚，毫无一怨言，而反祈朕国祚绵长，求天下太平，黎民乐业，可见卿有忠诚，朕实有负于卿矣。今朕特诏，赦卿无罪。七载无辜，仍加封贤良忠孝百公之长，特专征伐。赐卿白旄、黄钺，坐镇西岐。每月加禄米一千石。文官二名，武将二员，送卿荣归。仍赐龙德殿筵宴，游街三日，拜阙谢恩。』西伯侯谢恩。彼时姬伯换服，百官称庆，就在龙德殿饮宴。怎见得：

擦抹条台桌椅，铺设奇异华筵。左设妆花白玉瓶，右摆玛瑙珊瑚树。进酒宫娥双洛浦，添香美女两嫦娥。黄金炉内麝檀香，琥珀杯中珍珠滴。两边围绕绣屏开，满座重铺销金簟。金盘犀箸，掩映龙凤珍馐，整整齐齐，另是一般气象。绣屏锦帐，围绕花卉翎毛，叠叠重重，自然彩色稀奇。休夸交梨火枣，自有雀舌牙茶。火炮白杏，酱牙红姜。鹅梨、苹果、青脆梅；龙眼、枇杷、金赤橘。石榴盏大，秋柿球圆。又摆列兔丝、熊掌、猩唇、驼蹄；谁羡他凤髓、龙肝、狮睛、麟脯。漫斟那瑶池玉液，紫府琼浆；且吹他鸾箫凤笛，象板笙簧。正是：西伯夸官先饮宴，蛟龙得水离泥沙。要的般般有，珍馐百味全。一声鼓乐动，正是帝王欢。

话说比干、微子、箕子，在朝大小官员，无有不喜赦姬昌。百官陪宴尽乐。文王谢恩出朝，三日夸官。怎见得文

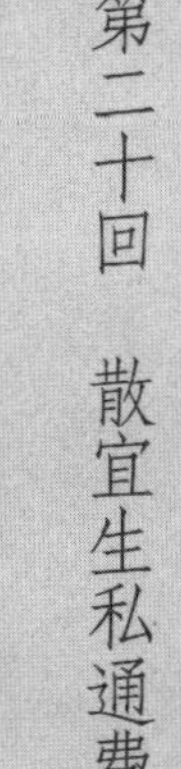

王夸官的好处？但见：

前遮后拥，五色幡摇。桶子枪朱缕荡荡，朝天凳艳色辉辉。左边钺斧右金瓜，前摆黄旄后豹尾。带刀力士增光彩，随贺官员喜气添。银交椅衬玉芙蓉，逍遥马饰黄金辔。走龙飞凤大红袍，暗隐团龙妆花绣。彩玉束带，厢成八宝。百姓争看西伯驾，万民称贺圣人来。正是：霭霭香烟声满道，重重瑞气罩台阶。

朝歌城中百姓，扶老携幼，拖男抱女，齐来看文王加官。人人都道：『忠良今日出雕笼，有德贤侯灾厄满。』文王在城中夸官两日，到未牌时分，只见前面幡幢队伍，剑戟森罗，一枝人马到来。文王问曰：『前面是哪处人马？』两边启上：『大王千岁：是武成王黄爷看操回来。』文王急忙下马，站立道旁，欠背打躬。武成王见文王下马，即忙滚鞍下骑，称文王曰：『大人前来，末将有失回避大驾，望乞恕罪。』乃曰：『今贤王荣归，真是万千之喜。末将有一闲言奉启，不识贤王可容纳否？』西伯曰：『不才领教。』武成王曰：『此间离末将府第不远，薄具杯酒，以表芹意，何如？』文王乃诚实君子，不会推辞谦让，随答曰：『贤王在上，姬昌敢不领教。』黄飞虎随携文王至王府，命左右快排筵宴。二王传杯欢饮，各谈些忠义之言。不觉黄昏，掌上画烛。武成王命左右且退。黄飞虎曰：『今日大人之乐，实为无疆之福。但当今宠信邪佞，不听忠言，陷坏大臣，荒于酒色，不整朝纲，不容谏本，炮烙以退忠良之心，虿盆以阻谏臣之语。万姓慌慌，刀兵四起。东南两处已反四百诸侯，以贤王之德，尚有羑里困苦之羁，今已特赦，是龙归大海，虎人深山，金鳌脱钓，如何尚不省悟！况且朝中无三日正条，贤王夸甚么官，显甚么王！何不早早飞出雕笼，见其故土，父子重逢，夫妻复会，何不为美。又何必在此网罗之中，做此吉凶未定之事也。』武成王只此数语，把个文王说的骨解筋酥，起而谢曰：『大王真乃金石之言，提拔姬昌。此恩何以得报！奈昌欲去，五关有阻，奈何？』黄飞虎曰：『不难。铜符俱在吾府中。』须臾，取出铜符令箭，交与文王，随令改换衣裳，打扮夜不收号色，径出五关，并无阻隔。文王谢曰：『大王之恩，实是重生父母，何时能报！』此时二鼓时候。武成王命副将龙环、吴贤，开朝歌西门，送文王出城去了。不知性命如何，且听下回分解。

第二十一回　文王夸官逃五关

诗曰：

黄公恩义救岐王，令箭铜符出帝疆。

尤费谗谋追圣主，云中显化济慈航。

从来德大难容世，自此龙飞兆瑞祥。

留有吐儿名誉在，至今齿角有余芳。

话说文王离了朝歌，连夜过了孟津，渡了黄河，过了渑池，前往临潼关而来。不题。

且说朝歌城馆驿官见文王一夜未归，心下慌忙，急报费大夫府得知。左右通报费仲曰：『外有驿官禀说，西伯文王一夜未归，不知何往。此事重大，不得不预先禀明。』费仲闻知，命：『驿官且退，我自知道。』费仲沉思：『事干自己身上，如何处治？』乃着堂候官，『请尤爷来商议。』少时，尤浑到费仲府，相见礼毕。仲曰：『不道姬昌，贤弟保奏，皇上封彼为王，这也罢了。孰意皇上准行夸官三日，今方二日，姬昌逃归，不俟主命，必非好意。事干重大；且东南二路，叛乱多年，今又走了姬昌，使皇上又生一患。这个担儿谁担？为今之计，将如之何？』尤浑曰：『年兄且宽心，不必忧闷。我二人之事，料不能失手。且进内庭面君，着两员将官，赶去拿来，以正欺君负上之罪，速斩于市曹，何虑之有！』二人计议停当，忙整朝衣，随即入朝。纣王正在摘星楼赏玩。侍臣启驾：『费仲、

文王这一回，似失林飞鸟，漏网惊鱼，哪分南北，孰辨东西？文王心忙似箭，意急如云，正是：仰面告天天不语，低头诉地地无言。只得加鞭纵辔数番，恨不得马足腾云，身能生翅。远望临潼关不过二十里之程，后有追师，看看至近。文王正在危急。

尤浑候旨。』王曰：『宣二人上楼。』二人见王礼毕。王曰：『二卿有何奏章来见？』费仲奏曰：『姬昌深负陛下洪恩，不遵朝廷之命，欺藐陛下。夸官二日，不谢圣恩，不报王爵，暗自逃归，必怀歹意。恐回故土，以起猖獗之端。臣荐在前，恐后得罪。臣等预奏，请旨定夺。』纣王怒曰：『二卿曾言姬昌忠义，逢朔望焚香叩拜，祝祈风和雨顺，国泰民安，朕故此赦之。今日坏事，皆出二卿轻举之罪！』尤浑奏曰：『自古人心难测，面从背违，知外而不知内，知内而不知心，正所谓「海枯终见底，人死不知心」。姬昌此去不远，陛下传旨，命殷破败、雷开点三千飞骑，赶去拿来，以正逃官之法。』纣王准奏，『速遣殷、雷二将，点兵追赶。』使命传旨。神武大将军殷破败、雷开领旨，往武成王府来调三千飞骑，出朝歌西门，一路上赶来。怎见得：

幡幢招展，三春杨柳交加；号带飘扬，七夕彩云披日。刀枪闪灼，三冬瑞雪弥天；剑戟森严，九月秋霜盖地。咚咚鼓响，汪洋大海起春雷；震地锣鸣，马到山前飞霹雳。人似南山争食虎，马如北海戏波龙。

不说追兵随后飞云掣电而来。且说文王自出朝歌，过了孟津，渡了黄河，望渑池大道徐徐而行，扮作夜不收模样。文王行得慢，殷、雷二将赶得快，不觉看看赶上。文王回头，看见后面尘土荡起，远闻人马喊杀之声，知是追赶。文王惊得魂飞无地，仰天叹曰：『武成王虽是为我，我一时失于打点，夤夜逃归；想必当今知道，旁人奏闻，怪我私自逃回，必有追兵赶逐。此一拿回，再无生理。如今只得趱马前行，以脱此厄。』文王这一回，似失林飞鸟，漏网惊鱼，哪分南北，孰辨东西？文王心忙似箭，意急如云，正是：仰面告天天不语，低头诉地地无言。只得加鞭纵辔数番，恨不得马足腾云，身能生翅。远望临潼关不过二十里之程，后有追师，看看至近。文王正在危急。按下不题。

且说终南山云中子在玉柱洞中碧游床运其元神，守离龙，纳坎虎，猛的心血潮来。道人觉而有警，掐指一算，早知凶吉：『呀！原来西伯灾厄已满，目下逢危。今日正当他父子重逢，贫道不失燕山之语。』叫：『金霞童儿在哪里？你与我后桃园中请你师兄来。』金霞童儿领命，往桃园中来，见了师兄道：『师父有请。』雷震子答曰：『师弟先行，我随即就来。』雷震子见了云中子下拜：『不知师父有何吩咐？』云中子曰：『徒弟，汝父有难，你可前去救拔。』雷震子曰：『弟子父是何人？』道人曰：『汝父乃是西伯侯姬昌，有难在临潼关；你可往虎儿崖下寻一兵器来，待吾秘授你些兵法，好去救你父亲。今日正当子父重逢之日，后期好相见耳。』雷震子领师父之命，离了洞府，径至虎儿崖下，东瞧西看，各到处寻不出甚么东西，又不知何物叫为兵器。雷震子寻思：『我失打点。常闻兵器乃枪、刀、剑、戟、鞭、斧、瓜、锤，师父口言兵器，不知何物，且回洞中，再问详细。』雷震子方欲转身，只见一阵

异香扑鼻，透胆钻肝，不知在于何所。只见前面一溪涧下，水声潺潺，雷鸣隐隐。雷震子观看，只见稀奇景致，雅韵幽栖，藤缠桧柏，竹插颠崖，狐兔往来如梭，鹿鹤唳鸣前后，见了些灵芝隐绿草，梅子在青枝，看不尽山中异景。猛然间见绿叶之下，红杏二枚。雷震子心欢，顾不得高低险峻，攀藤捫葛，手扯晃摇，将此二枚红杏摘于手中；闻一闻，扑鼻馨香，如甘露沁心，愈加甘美。雷震子暗思：『此二枚红杏，我吃一个，留一个带与师父。』雷震子方吃了一个。『怎么这等香美，津津异味！』只是要吃。不觉又将这个咬了一口。『呀！咬残了。不如都吃了罢。』方吃了杏子，又寻兵器，不觉左肋下一声响，长出翅来，拖在地下。雷震子吓得魂飞天外，魄散九霄。雷震子曰：『不好了！』忙将两手去拿住翅，只管拔。不防右边又冒出一只来。雷震子慌得没主意，吓得坐在地下。原来两边长出翅来，不打紧，连脸都变了：鼻子高了，面如青靛，发似朱砂，眼睛暴湛，牙齿横生，出于唇外；身躯长有二丈。雷震子痴呆不语。只见金霞童子来到雷震子面前，叫曰：『师兄，师父叫你。』雷震子曰：『师弟，你看我，我都变了。』金霞曰：『你怎的来？』雷震子曰：『师父叫我往虎儿崖寻兵器去救我父亲，寻了半日不见，只寻得二枚杏子，被我吃了。可煞作怪，弄的青头红发，上下獠牙，又长出两边肉翅。教我如何去见师父？』金霞童子曰：『快去！师父等你！』雷震子起来，一步走来，自觉不好看，二翅拖着，如同斗败了的鸡一般，不觉到了玉柱洞前。云中子见雷震子来，抚掌道：『奇哉！奇哉！』手指雷震子作诗：

两枚仙杏安天下，一条金棍定乾坤。

云中子取一条金棍传雷震子，上下飞腾，盘旋如风雨之声，进退有龙蛇之势，转身似猛虎摇头，起落像蛟龙出海，呼呼响亮，闪灼光明，空中展动一团锦，左右纷纭万簇花。

风雷两翅开先辈，变化千端起后昆。
眼似金铃通九地，发如紫草短三髡。
秘传玄妙真仙诀，炼就金刚体不昏。

云中子作罢诗，命雷震子：『随我进洞来。』雷震子随师父至桃园中。云中子取一条金棍传雷震子，上下飞腾，盘旋如风雨之声，进退有龙蛇之势，转身似猛虎摇头，起落像蛟龙出海，呼呼响亮，闪灼光明，空中展动一团锦，左右纷纭万簇花。云中子在洞中传的雷震子精熟，随将雷震子二翅左边用一『风』字，右边用一『雷』字，又将咒语诵了一遍。雷震子飞腾，起于半天，脚登天，头望下，二翅招展，空中俱有风雷之声。雷震子落地，倒身下拜，叩谢曰：『师父有妙道玄机，今传弟子，使救父之厄，此乃莫大之洪恩也。』道人曰：『你速往临潼关，救西伯侯姬昌，乃汝之父。速去速来，不可迟延。你救父送出五关，不许你同父往西岐，亦不许你伤纣王军将，功完速回终南，再传你道术。后来你弟兄自有完聚之日。』云中子吩咐毕，『你去罢！』

雷震子闻言，倒身下拜，口称：『父王，孩儿来迟，致父王受惊，恕孩儿不孝之罪。』

雷震子出了洞府，二翅飞起，霎时间飞至临潼关。见一山冈，雷震子落将下来，立在山冈之上，看了一会，不见形迹。雷震子自思：『呀！我失于打点，不曾问吾师父，西伯侯文王不知怎么个模样，教我如何相见？』一言未了，只见那壁厢一人，粉青毡笠，穿一件皂服号衫，乘一骑白马，飞奔而来。雷震子曰：『此人莫非是吾父也？』大叫一声曰：『山下的可是西伯侯姬老爷么？』文王听的有人叫他，勒马抬头观看时，又不见人，只听的声气。文王叹曰：『吾命合休！为何闻声不见人形，此必鬼神相戏。』原来雷震子面蓝，身上又是水合色，故此与山色交加，文王不曾看得明白，故有此疑。雷震子见文王住马停蹄，看一回，不言而又行。又叫曰：『此位可是西伯侯姬千岁否？』文王抬头，猛见一人，面如蓝靛，发似朱砂，巨口獠牙，眼似铜铃，光华闪灼，吓的魂不附体。文王自忖：『若是鬼魅，必无人声，我既到此，也避不得了。他既叫我，我且上山，看他如何。』文王打马上山，叫曰：『那位杰士，为何认的我姬昌？』雷震子闻言，倒身下拜，口称：『父

王，孩儿来迟，致父王受惊，恕孩儿不孝之罪。』文王曰：『杰士错认了。我姬昌一向无识，为何以父子相称？』雷震子曰：『孩儿乃是燕山收的雷震子。』文王曰：『我儿，你为何生得这个模样？你是终南山云中子带你上山，算将来方今七岁，你为何到此？』雷震子曰：『孩儿奉师法旨，下山来救父亲出五关，退追兵，故来到此。』文王听罢，吃了一惊，自思：『吾乃逃官，已自得罪朝廷；此子看他面色，也不是个善人，他若去退追兵，兵将都被他打死了，与我更加罪恶。待我且说他一番，以止他凶暴。』文王叫：『雷震子，你不可伤了纣王军将，他奉王命而来，吾乃逃官，不遵王命，弃纣归西，我负当今之大恩。你若伤了朝廷命官，你非为救父，反为害父也。』雷震子答曰：『我师父也曾吩咐孩儿，教我不可伤他军将之命，只救父亲出五关便了，孩儿自劝他回去。』雷震子见那里追兵卷地而来，旗幡招展，锣鼓齐鸣，喊声不息，一派征尘，遮蔽旭日。雷震子看罢，便把胁下双翅，一声响，飞起空中，将一根黄金棍拿在手里，就把文王吓了一交，跌在地下。不题。且说雷震子飞在追兵前面，一声响落在地下，用手把一根金棍柱在掌上，大叫曰：『不要来！』兵卒抬头，看见雷震子面如蓝靛，发似朱砂，巨口獠牙。军卒报与殷破败、雷开曰：『启老爷：前有一恶神阻路，凶势狰狞。』殷、雷二将大声喝退。二将纵马向前，来会雷震子。不知性命如何，且听下回分解。

第二十二回　西伯侯文王吐子

诗曰：

忍耻归来意可怜，只因食子泪难干。
非求度难伤天性，不为成忠贼爱缘。
天数凑来谁个是，劫灰聚处若为愆。
从来莫道人间事，自古分离总在天。

且说二将匹马当先，只见雷震子怎生模样，有赞为证：

天降雷鸣现虎躯，燕山出世托遗孤。
姬侯应产螟蛉子，仙宅当藏不世珠。
秘授七年玄妙诀，长生两翅有风雷。
桃园传得黄金棍，鸡岭先将圣主扶。
目似金光飞闪电，面如蓝靛发如硃。
肉身成圣仙家体，功业齐天帝子图。
慢道姬侯生百子，名称雷震岂凡夫。

话说殷破败、雷开仗其胆气，厉声言曰：『汝是何人，敢拦阻去路？』雷震子答曰：『吾乃西伯文王第百子，雷震子是也。吾父王乃仁人君子，贤德丈夫，事君尽忠，事亲尽孝，交友以信，视臣以义，治民以礼，处天下以道，奉公守法，而尽臣节；无故而羁囚羑里，七载守命待时，全无嗔怒。今既放归，为何又来追袭，反复无常，岂是天子之所为！因此奉吾师法旨，下山特来迎接我父王归国，使吾父子重逢。你二人好好回去，不必言勇。吾师曾吩咐，不可伤人间众生，故教汝速退便了。』殷破败大笑曰：『好丑匹夫！焉敢口出大言，煽惑三军，欺吾不勇！』乃纵马舞刀来取。雷震子将手中棍架住：曰：『不要来！你想必要与我定个雌雌，这也可。只是奈我父王之言，师父之命，不敢有违。我且试一试与你看。』雷震子将胁下翅一声响飞起空中，有风雷之声，脚登天，头望下，看见西边有一山嘴，往外扑着，雷震子说：『待我把这山嘴打一棍你看。』一声响亮，山嘴滚下一半。雷震子转身落下来，对二将言曰：『你的头可有这山结实？』二将见此凶恶，魂不附体。二将言曰：『雷震子，听你之言，我等暂回朝歌见驾，且让你回去。』殷、雷二将见此光景，料不能胜他，只得回去。有诗为证：

一怒飞腾起在空，黄金棍摆气如虹。
霎时风响来天地，顷刻雷鸣遍宇中。
猛烈恍如鹏翅鸟，狰狞浑似鬼山熊。
从今丧却殷雷胆，束手归商势已穷。

话说殷、雷二将见雷震子这等骁勇，况且胁生双翼，遍体风雷，情知料不能取胜，免得空丧性命无益，故此将计就计，转回人马。不表。

且说雷震子复上山来见文王。文王吓得痴了。雷震子曰：『奉父王之命，去退追兵，赶父王二将殷破败、雷开，他二人被孩儿以好言劝他回去了。如今孩儿送父王出五关。』文王曰：『我随身自有铜符、令箭，到关照验，方可出关。』雷震子曰：『父王不必如此。若照铜符，有误父王归期。如今事已急迫，恐后面又有兵来，终是不了之局。待孩儿背父王，一时飞出五关，免得又有异端。』文王听罢，『我儿话虽是好，此马如何出得去？』雷震子曰：『且顾父王出关，马匹之事甚小。』文王曰：『此马随我患难七年，今日一旦便弃他，我心何忍？』雷震子曰：『事已到此，岂是好为此不良之事，君子所以弃小而全大。』文王上前，以手拍马，叹曰：『马！非昌不仁，舍你出关。奈恐追兵复至，我命难逃。我今别你，任凭你去罢，另择良主。』文王道罢，洒泪别马。有诗曰：

奉敕朝歌来谏主，同吾羑里七年囚。
临潼一别归西地，任你逍遥择主投。

且说雷震子曰：『父王快些，不必久羁。』文王曰：『背着我。你仔细些。』文王伏在雷震子背上，把二目紧闭，耳闻风响，不过一刻，已出了五关，来到金鸡岭，落将下来。雷震子曰：『父王，已出五关了。』文王睁开二目，已知是本土，大喜曰：『今日复见我故乡之地，皆赖孩儿之力！』雷震子曰：『父王前途保重！孩儿就此

文王作罢歌，大叫一声：『痛杀我也！』跌下逍遥马来，面如白纸。慌坏世子并文武诸人，急急扶起，拥在怀中，速取茶汤，连灌数口。只见文王渐渐重楼中一声响，吐出一块肉羹。

告归。』文王惊问曰：『我儿，你为何中途抛我，这是何说？』雷震子曰：『奉师父之命，止救父亲出关，即归山洞。今不敢有违，恐负师言，孩儿有罪。父王先归家国。孩儿学全道术，不久下山，再拜尊颜。』雷震子叩头，与文王洒泪而别。正是：世间万般哀苦事，无过死别共生离。雷震子回终南山回覆师父之命。不题。

且说文王独自一人，又无马匹，步行一日。文王年纪高迈，跋涉艰难，抵暮，见一客舍。文王投店歇宿。次日起程，囊乏无资。店小儿曰：『歇房与酒饭钱，为何一文不与？』文王曰：『因空乏到此，权且暂记；候到西岐，着人加利送来。』店小儿怒曰：『此处比别处不同。俺这西岐，撒不得野，骗不得人。西伯侯千岁以仁义而化万民，行人让路，道不拾遗，夜无犬吠，万民而受安康，湛湛青天，朗朗舜日。好好拿出银子，算还明白，放你去；若是迟延，送你到西岐，见上大夫散宜生老爷，那时悔之晚矣。』文王曰：『我决不失信。』只见店主人出来问道：『为何事吵闹？』店小儿把文王欠缺饭钱说了一遍，店主人见文

王年虽老迈，精神相貌不凡，问曰：『你往西岐来做甚么事？因何盘费也无？我又不相识你，怎么记饭钱？说得明白，方可记与你去。』文王曰：『店主人，我非别人，乃西伯侯是也。因囚羑里七年，蒙圣恩赦宥归国；幸逢吾儿雷震子救我出五关，因此囊内空虚。权记你数日，俟吾到西岐，差官送来，决不相负。』那店家听得是西伯侯，慌忙倒身下拜，口称：『大王千岁！子民肉眼，有失接驾之罪！复请大王入内，进献壶浆，子民亲送大王归国。』文王问曰：『你姓甚名谁？』店主人曰：『子民姓申，名杰，五代世居于此。』文王大喜，问申杰曰：『你可有马，借一匹与我骑着好行，俟归国必当厚谢。』申杰曰：『子民皆小户之家，哪有马匹？家下止有磨面驴儿，收拾鞍辔，大王暂借此前行。小人亲随伏侍。』文王大悦，离了金鸡岭，过了首阳山，一路上晓行夜宿。时值深秋天气，只见金风飒飒，梧叶飘飖，枫林翠色，景物虽是堪观，怎奈寒鸟悲风，蛩声惨切；况西伯又是久离故乡，睹此一片景色，心中如何安泰，恨不得一时就到西岐，与母子夫妻相会，以慰愁怀。按下文王在路。不表。

且说文王母太姜在宫中思想西伯，忽然风过三阵，风中竟带吼声。太姜命侍儿焚香，取金钱演先天之数，知西伯侯某日某时，已至西岐。太姜大喜，忙传令百官、众世子，往西岐接驾。众文武与各位公子无不欢喜，人人大悦。西岐万民，牵羊担酒，户户焚香，氤氲拂道。文武百官与众位公子，各穿大红吉服。此时骨肉完聚，龙虎重逢，倍增喜气。有诗为证：

万民欢忭出西岐，迎接龙车过九逵。

羑里七年今已满，金鸡一战断穷追。
从今圣化过尧舜，目下灵台立帝基。
自古贤良周易少，臣忠君正助雍熙。

且说文王同申杰行至西岐山，转过迢遥径路，依然又见故园，文王不觉心中凄惨，想：『昔日朝商之时，遭此大难，不意今日回归，又是七载。青山依旧，人面已非。』正嗟叹间，只见两杆红旗招展，大炮一声，簇拥一对人马。文王心中正惊疑未定，只见左有大将军南宫适，右有上大夫散宜生，引了四贤、八俊、三十六杰，辛甲、辛免、太颠，闳夭、祁恭、尹籍伏于道旁。次子姬发近前拜伏驴前曰：『父王羁縻异国，时月累更，为人子不能分忧代患，诚天地间之罪人，望父王宽恕。今日复睹慈颜，不胜欣慰！』文王见众文武、世子多人，不觉泪下，『孤想今日不胜凄惨。孤已无家而有家，无国而有国，无臣而有臣，无子而有子，陷身七载，羁囚羑里，自甘老死，今幸见天日，与尔等复能完聚，睹此反觉凄惨耳。』大夫散宜生启曰：『昔成汤王亦囚于夏台，一日还国，而有事于天下。今主公归国，更修德政，育养民生，俟时而动，安知今日之羑里，非昔之夏台乎？』文王曰：『大夫之言，岂是为孤之言，亦非臣下事上之理。昌有罪商都，蒙圣恩羁而不杀。虽七载之囚，正天子浩荡洪恩；虽顶踵亦不能报。后又进爵文王，赐黄钺、白旄，特专征伐，赦孤归国。此何等殊恩！当尽臣节，捐躯报国，犹不能效涓涯之万一耳。大夫何故出此言，使诸文武而动不肖之念也。』诸皆悦服。姬发近前，『请父王更衣乘辇。』文王依其言，换了王服，乘辇，命申杰同进西岐。一路上欢声拥道，乐奏笙簧，户户焚香，家家结彩。文王端坐鸾舆，两边的执事成行，幡幢蔽日。只见众民大呼曰：『七年远隔，未睹天颜，今大王归国，万民瞻仰，欲亲觌天颜，愚民欣慰。』文王听见众臣如此，方骑逍遥马。众民欢声大振曰：『今日西岐有主矣！』人人欢悦，各各倾心。文王出小龙山口，见两边文武、九十八子相随，独不见长子邑考，因想其醢尸之苦，羑里自啖子肉，不觉心中大痛，泪如雨下。文王将衣掩面，作歌曰：

尽臣节兮奉旨朝商，直谏君兮欲正纲常。谗臣陷兮囚于羑里，不敢怨兮天降其殃。邑考孝兮为父赎罪，鼓琴音兮屈害忠良。啖子肉兮痛伤骨髓，感圣恩兮位至文王。夸官逃难兮路逢雷震，命不绝兮幸济吾疆。今归西土兮团圆母子，独不见邑考兮碎裂肝肠！

文王作罢歌，大叫一声：『痛杀我也！』跌下逍遥马来，面如白纸。慌坏世子并文武诸人，急急扶起，拥在怀中，速取茶汤，连灌数口。只见文王渐渐重楼中一声响，吐出一块肉羹。那肉饼就地上一滚，生出四足，长上两耳，望西跑去了。连吐三次，三个兔儿走了。众臣扶起文王，乘鸾舆至西岐城，进端门，到大殿。公子姬发扶文王入后宫，调理汤药。也非一日，文王其恙已愈。那日升殿，文武百官上殿朝贺毕，文王宣上大夫散宜生，拜伏于地。文王曰：『孤朝天子，算有七年之厄，不料长子邑考为孤遭戮，此乃天数。荷蒙圣恩，特赦归国，加位文王，又命夸官三日，深感镇国武成王大德，送铜符五道，放孤出关。不期殷、雷二将，奉旨追袭，使孤势穷力尽，无计可施。束手待毙之时，多亏昔年孤因朝商途中，行至燕山收一婴儿，路逢终南山炼气士云中子带去，起名雷震，不觉七年。谁想追

兵紧急，得雷震子救我出了五关。』散宜生曰：『五关岂无将官把守，焉能出得关来？』文王曰：『若说起雷震之形，险些儿吓杀孤家。七年光景，生得面如蓝靛，发似朱砂，胁生双翼，飞腾半空，势如风雷之状；用一根金棍，势似熊罴。他将金棍一下把山尖打下一块来，故此殷、雷二将不敢相争，诺诺而退。雷震子回来，背着孤家，飞出五关，不须半个时辰，即是金鸡岭地面，他方告归终南山去了。孤不忍舍。他道：「师命不敢违，孩儿不久下山，再见父王。」故此他便回去。孤独自行了一日，行至申杰店中，感申杰以驴儿送孤，一路扶持。命官重赏，使申杰回家。』宜生跪启曰：『主公德贯天下，仁布四方，三分天下，二分归周，万民受其安康，百姓无不瞻仰。自古有云：「克念者，自生百福；作念者，自生百殃。」主公已归西土，真如龙归大海，虎复深山，自宜养时待动。况天下已反四百诸侯，而纣王肆行不道，杀妻诛子，制炮烙、虿盆，醢大臣，废先王之典，造酒池肉林，杀宫嫔，听妲己之所谗，播弃黎老，昵比罪人，拒谏诛忠，沉酗酒色；谓上天不足畏，谓善不足为，酒色荒淫，罔有悛改。臣料朝歌不久属他人矣。……』言未毕，殿西来一人大呼曰：『今日大王已归故土，当得为公子报醢尸之仇！况今西岐雄兵四十万，战将六十员，正宜杀进五关，围住朝歌，斩费仲、妲己于市曹，废弃昏君，另立明主，以泄天下之忿！』文王听而不悦曰：『孤以二卿为忠义之士，西土赖之以安。今日出不忠之言，是先自处于不赦之地，而尚敢言报怨灭仇之语！天子乃万国之元首，纵有过，臣且不敢言，尚敢正君之过。父有失，子亦不敢语，况敢正父之失。所以「君叫臣死，不敢不死；父叫子亡，不敢不亡」。为人臣子，先以忠孝为首，而敢直忤于君父哉。昌因直谏于君，君故

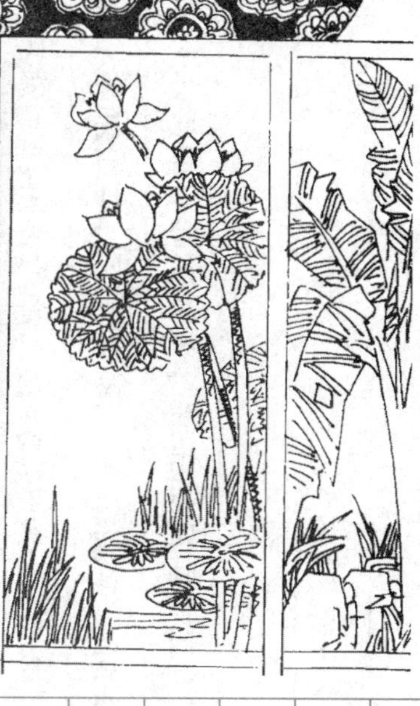

众臣扶起文王，乘鸾舆至西岐城，进端门，到大殿。公子姬发扶文王入后宫，调理汤药。也非一日，文王其恙已愈。

囚昌于羑里，虽有七载之困苦，是吾愆尤，怎能怨君，归善于己。古语有云：「君子见难而不避，惟天命是从。」今昌感皇上之恩，爵赐文王，荣归西土，孤正当早晚祈祝当今，但愿八方宁息兵燹，万民安阜乐业，方是为人臣之道。从今二卿切不可逆理悖伦，遗讥万世，岂仁人君子之所言也！』南宫适曰：『公子进贡，代父赎罪，非有逆谋，如何竟遭醢尸之惨，情法难容。故当剿无道以正天下，此亦万民之心也。』文王曰：『卿只执一时之见，此是吾子自取其死。孤临行曾对诸子、文武有言：孤演先天数，算有七年之灾，切不可以一卒前来问安，候七年灾满，自然荣归。邑考不遵父训，自恃骄拗，执忠孝之大节，不知从权，又失打点，不知时务进退，自己德薄才庸，情性偏执，不顺天时，致遭此醢身之祸。孤今奉公守法，不妄为，不悖德，硁硁以尽臣节，任天子肆行狂悖，天下诸侯自有公论，何必二卿首为乱阶，自持强梁，先取灭亡哉。古云：「五伦之中，惟有君亲恩最重；百行之本，当存忠孝义为先。」孤既归国，当以化行俗美为先，民丰物阜为务，则百姓自受安

康，孤与卿等共享太平。耳不闻兵戈之声，眼不见征伐之事，身不受鞍马之劳，心不悬胜败之扰，但愿三军身无披甲胄之苦，民不受惊慌之灾，即此是福，即此是乐，又何必劳民伤财，糜烂其民，然后以为功哉。』南宫适、散宜生听文王之训，顿首叩谢。文王曰：『孤思西岐正南欲造一台，名曰「灵台」。孤恐木土之工非诸侯所作，劳伤百姓；然而造此灵台以应灾祥之兆。』散宜生奏曰：『大王造此灵台，既为应灾祥而设，乃为西土之民，非为游观之乐，何为劳民哉。况主公仁爱，功及昆虫草木，万姓无不衔恩。若大王出示，万民自是乐役。若大王不轻用民力，仍给工银一钱，任民自便，随其所欲，不去强他，这也无害于事。况又是为西土人民应灾祥之故，民何不乐为。』文王大喜：『大夫此言方合孤意。』随出示张挂各门。不知后事如何，且听下回分解。

第二十三回　文王夜梦飞熊兆

诗曰：

文王守节尽臣忠，仁德兼施造大工。

民力不教胼胝碎，役钱常赐锦缠红。

西岐社稷如磐石，纣王江山若浪从。

漫道孟津天意合，飞熊入梦已先通。

话说文王听散宜生之言，出示张挂西岐各门。惊动军民，都来争瞧告示。只见上书曰：

西伯文王示谕军民人等知悉：西岐之境，乃道德之乡，无兵戈用武之扰，民安物阜，讼减官清。孤因羑里羁縻，蒙恩赦宥归国。因见迩来灾异频仍，水潦失度，及查本土，占验灾祥，竟无坛址。昨观城西有官地一隅，欲造一台，名曰『灵台』，以占风候，看验民灾。又恐土木工繁，有伤尔军民力役。特每日给工银一钱支用。此工亦不拘日之近远，但随民便：愿做工者即上簿造名，以便查给；如不愿者，各随尔经营，并无逼强。想宜知悉，谕众通知。

话说西岐众军民人等一见告示，大家欢悦，齐声言曰：『大王恩德如天，莫可图报。我等日出而嬉游，日落而归宿，坐享承平之福，是皆大王之所赐。今大王欲造灵台，尚言给领工钱。我等虽肝脑涂地，手胼足胝，亦所甘心。况且为我百姓占验灾祥之设，如何反领大王工银也。』一郡军民无不欢悦，情愿出力造台。散宜生知民心如此，抱本进

内启奏。文王曰：『军民既有此意举，随传旨给散银两。』众民领讫。文王对散宜生曰：『可选吉日，破土兴工。』众民用心，着意搬泥运土，伐木造台。正是：窗外日光弹指过，席前花影座间移。又道是：行见落花红满地，霎时黄菊绽东篱。造灵台不过旬月，管工官来报工完。文王大喜，随同文武多官排鸾舆出郭，行至灵台观看，雕梁画栋，台砌巍峨，真一大观也。有赋为证，赋曰：

台高二丈，势按三才。上分八卦合阴阳，下属九宫定龙虎。四角有四时之形，左右立乾坤之象。前后配君臣之义，周围有风云之气。此台上合天心应四时，下合地户属五行，中合人意风调雨顺。文王有德，使万物而增辉；圣人治世，感百事而无逆。灵台从此立王基，验照灾祥扶帝主。正是：治国江山茂，今日灵台胜鹿台。

话说文王随同两班文武上得灵台，四面一观。文王默然不语。时有上大夫散宜生出班奏曰：『今日灵台工完，大王为何不悦？』文王曰：『非是不悦。此台虽好，台下欠少一池沼以应「水火既济、合配阴阳」之意。孤欲再开沼池，又恐劳伤民力，故此郁郁耳。』宜生启曰：『灵台之工，甚是浩大，尚且不日而成；况于台下一沼，其工甚易。』宜生忙传王旨：『台下再开一沼池，以应「水火既济」之意。』说言未了，只见众民大呼曰：『小小池沼，有何难成，又劳圣虑！』众人随将带来锹锄，一时挑挖；内中挑出一付枯骨，众人四路抛掷。文王在台上，见众人抛弃枯骨。王问曰：『众民抛弃何物？』左右启奏曰：『此地掘起一付人骨，众人故此抛掷。』文王急传旨，命众人：『将枯骨取来，放在一处，用匣盛之，埋于高阜之地。岂有因孤开沼而暴露此骸骨，实孤之罪也。』众人听见此言，

文王台上设绣榻而寝。时至三更，正值梦中，忽见东南一只白额猛虎，胁生双翼，望帐中扑来。文王急叫左右，只听台后一声响亮，火光冲霄，文王惊醒了，吓了一身香汗。听台下已打三更。

大呼曰：『圣德之君，泽及枯骨，何况我等人民，不沾雨露之恩。真是广施人意，道合天心，西岐万民获有父母矣！』众民欢声大悦。文王因在灵台看挖沼池，不觉天色渐晚，回驾不及。文王随文武在灵台上设宴，君臣共乐。席散之后，文武在台下安歇。文王台上设绣榻而寝。时至三更，正值梦中，忽见东南一只白额猛虎，胁生双翼，望帐中扑来。文王急叫左右，只听台后一声响亮，火光冲霄，文王惊醒了，吓了一身香汗。听台下已打三更。文王自思：『此梦主何凶吉？待到天明，再作商议。』有诗曰：

文王治国造灵台，文武锵锵保驾来。
忽见沼池枯骨现，命将高阜速藏埋。
君臣共乐传杯盏，夜梦飞熊扑帐开。
龙虎风云从此遇，西岐方得栋梁才。

话说次早文武上台，参谒已毕。文王曰：『大夫散宜生何在？』宜生出班见礼曰：『有何宣召？』文王曰：『孤今夜三鼓，得一异梦，梦

见东南有一只白额猛虎，胁生双翼，望帐中扑来，孤急呼左右，只见台后火光冲霄，一声响亮，惊醒，乃是一梦。此兆不知主何吉凶？』散宜生躬身贺曰：『此梦乃大王之大吉兆，主大王得栋梁之臣，大贤之客，真不让风后、伊尹之右。』文王曰：『卿何以见得如此？』宜生曰：『昔商高宗曾有飞熊入梦，得傅说于版筑之间；今主公梦虎生双翼者，乃熊也；又见台后火光，乃火煅物之象。今西方属金，金见火必煅；煅炼寒金，必成大器。此乃兴周之大兆。故此臣特欣贺。』众官听罢，齐声称贺。文王传旨回驾，心欲访贤，以应此兆。不题。

且言姜子牙自从弃却朝歌，别了马氏，土遁救了居民，隐于磻溪，垂钓渭水。子牙一意守时候命，不管闲非，日诵『黄庭』，悟道修真。若闷时，持丝纶倚绿柳而垂钓。时时心上昆仑，刻刻念随师长，难忘道德，朝暮悬悬。一日，执竿叹息，作诗曰：

自别昆仑地，俄然二四年。商都荣半载，直谏在君前。弃却归西土，磻溪执钓先。何日逢真主，披云再见天。

子牙作罢诗，坐于垂杨之下。只见滔滔流水，无尽无休，彻夜东行，熬尽人间万古。正是：惟有青山流水依然在，古往今来尽是空。子牙叹毕，只听得一人作歌而来：

登山过岭，伐木丁丁。随身板斧，砍劈枯藤。崖前兔走，山后鹿鸣。树梢异鸟，柳外黄莺。见了些青松桧柏，李白桃红。无忧樵子，胜似腰金。担柴一石，易米三升。随时菜蔬，沽酒二瓶。对月邀饮，乐守孤林。深山幽僻，万壑无声。奇花异草，逐日相侵。逍遥自在，任意纵横。

樵子歌罢，把一担柴放下，近前少憩，问子牙曰：『老丈，我常时见你在此，执竿钓鱼，我和你像一个故事。』子牙曰：『像何故事？』樵子曰：『我与你像一个「渔樵问答」。』子牙大喜：『好个「渔樵问答」。』樵子曰：『你上姓？贵处？缘何到此？』子牙曰：『吾乃东海许州人也。姓姜，名尚，字子牙，道号飞熊。』樵子听罢，扬笑不止。子牙问樵子曰：『你姓甚？名谁？』樵子曰：『吾姓武，名吉，祖贯西岐人氏。』子牙曰：『你方才听吾姓名，反加扬笑者，何也？』武吉曰：『你方才言号飞熊，故有此笑。』子牙曰：『人各有号，何以为笑？』樵子曰：『当时古人、高人、圣人、贤人，胸藏万斛珠玑，腹隐无边锦绣，如风后、老彭、傅说、常桑、伊尹之辈，方称其号；似你也有此号，名不称实。故此笑耳。我常时见你伴绿柳而垂丝，别无营运，守株而待兔，看此清波，无识见高明，为何亦称道号？』武吉言罢，却将溪边钓竿拿起，见线上叩一针而无曲。樵子抚掌大笑不止，对子牙点头叹曰：『有智不在年高，无谋空言百岁。』樵子问子牙曰：『你这钩线何为不曲？古语云：「且将香饵钓金鳌。」我传你一法，将此针用火烧红，打成钩样，上用香饵，线上又用浮子，鱼来吞食，浮子自动，是知鱼至，望上一拎，钩挂鱼腮，方能得鲤，此是捕鱼之方。似这等钓，莫说三年，便百年也无一鱼到手。可见你智量愚拙，安得妄曰飞熊！』子牙曰：『你只知其一，不知其二。老夫在此，名虽垂钓，我自意不在鱼。吾在此不过守青云而得路，拨阴翳而腾霄，岂可曲中而取鱼乎！非丈夫之所为也。吾宁在直中取，不向曲中求，不为锦鳞设，只钓王与侯。吾有诗为证：

武吉挑着一担柴往南门来，市井道窄，将柴换肩，不知塌了一头，翻转尖担，把门军王相夹耳门一下，即刻打死。两边人大叫曰：『樵子打死了门军！』即时拿住，来见文王。

短杆长线守磻溪，这个机关哪个知？
只钓当朝君与相，何尝意在水中鱼。』

武吉听罢，大笑曰：『你这个人也想王侯做！看你那个嘴脸，不像王侯，你倒像个活猴！』子牙也笑着曰：『你看我的嘴脸不像王侯，我看你的嘴脸也不甚么好。』武吉曰：『我的嘴脸比你好些。吾虽樵夫，真比你快活：春看桃杏，夏玩荷红，秋看黄菊，冬赏梅松。我也有诗：

担柴货卖长街上，沽酒回家母子欢。
伐木只知营运乐，放翻天地自家看。』

子牙曰：『不是这等嘴脸。我看你脸上的气色不甚么好。』武吉曰：『你看我的气色怎的不好？』子牙曰：『你左眼青，右眼红，今日进城打死人。』武吉听罢，叱之曰：『我和你闲谈戏语，为何毒口伤人！』

武吉挑起柴，径往西岐城中来卖。不觉行至南门，却逢文王车驾往灵台，占验灾祥之兆。随侍文武出城，两边侍卫甲马御林军人大呼曰：

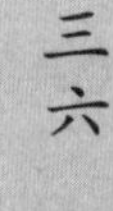

『千岁驾临，少来！』武吉挑着一担柴往南门来，市井道窄，将柴换肩，不知塌了一头，翻转尖担，把门军王相夹耳门一下，即刻打死。两边人大叫曰：『樵子打死了门军！』即时拿住，来见文王。文王曰：『此是何人？』两边启奏：『大王千岁，这个樵子不知何故打死门军王相。』文王在马上问曰：『那樵子叫甚名字？为何打死王相？』武吉启曰：『小人就是西岐的良民，叫做武吉。因见大王贺临，道路窄狭，将柴换肩，误伤王相。』文王曰：『武吉既打死王相，理当抵命。』随即就在南门画地为牢，竖木为吏，将武吉禁于此间，文王往灵台去了。纣时画地为牢，止西岐有此事。东、南、北连朝歌俱有禁狱，惟西岐因文王先天数，祸福无差，因此人民不敢逃匿，所以画地为狱，民亦不敢逃去。但凡人走了，文王演先天数，算出拿来，加倍问罪。以此顽猾之民，皆奉公守法，故曰『画地为狱』。且说武吉禁了三日，不得回家。武吉思：『母无依，必定倚闾而望；况又不知我有刑陷之灾。』因思母亲，放声大哭。行人围看。其时散宜生往南门过，忽见武吉悲声大痛，散宜生问曰：『你是前日打死王相的。杀人偿命，理之常也，为何大哭？』武吉告曰：『小人不幸逢遇冤家，误将王相打死，理当偿命，安得埋怨。只奈小人有母，七十有余岁。小人无兄无弟，又无妻室。母老孤身，必为沟渠饿殍，尸骸暴露，情切伤悲，养子无益，子丧母亡，思之切骨，苦不敢言。小人不得已，放声大哭。不知回避，有犯大夫，望祈恕罪。』散宜生听罢，默思久之：『若论武吉打死王相，非是斗殴杀伤人命，不过挑柴误塌尖担，打伤人命，自无抵偿之理。』宜生曰：『武吉不必哭，我往见千岁启一本，放你回去，办你母亲衣衾棺木，柴米养身之资，你再等秋后以正国法。』武吉叩头：『谢老爷天恩！』

宜生一日进便殿，见文王朝贺毕，散宜生奏曰：『臣启大王：前日武吉打伤王相人命，禁于南门。臣往南门，忽见武吉痛哭。臣问其故，武吉言有老母七十余岁，止生武吉一人，况吉上无兄弟，又无妻室，其母一无所望，吉遭国法，羁陷莫出，思母必成沟渠之鬼，因此大哭。臣思王相人命，原非斗殴，实乃误伤。况武吉母寡身单，不知其子陷身于狱。据臣愚念，且放武吉归家，以办养母之费，棺木衣衾之资，完毕，再来抵偿王相之命。臣请大王旨意定夺。』文王听宜生之言，随准行：『速放武吉回家。』诗曰：

文王出郭验灵台，武吉担柴惹祸胎。
王相死于尖担下，子牙八十运才来。

话说武吉出了狱，可怜思家心重，飞奔回来。只见母亲倚闾而望，见武吉回家，忙问曰：『我儿，你因甚么事，这几日才来？为母在家，晓夜不安，又恐你在深山穷谷被虎狼所伤，使为娘的悬心吊胆，废寝忘餐。今日见你，我心方落。不知你为何事，今日才回？』武吉哭拜在地曰：『母亲，孩儿不幸前日往南门卖柴，遇文王驾至，我挑柴闪躲，塌了尖担，打死门军王相。文王把孩儿禁于狱中。我想母亲在家中悬望，又无音信，上无亲人，单身只影，无人奉养，必成沟壑之鬼，因此放声大哭。多亏上大夫散宜生老爷启奏文王，放我归家，置办你的衣衾、棺木、米粮之类，打点停当，孩儿就去偿王相之命。母亲，你养我一场无益了！』说罢大哭。其母听见儿子遭此人命重情，魂不附体，一把扯住武吉，悲声哽咽，两泪如珠，对天叹曰：『我儿忠厚半生，并无欺妄，孝母守分，今日有何罪得罪天

地，遭此陷阱之灾。我儿，你有差迟，为娘的焉能有命！』武吉曰：『前一日，孩儿担柴行至磻溪，见一老人执竿垂钓，线上拴着一个针，在那里钓鱼。孩儿问他：「为何不打弯了，安着香饵钓鱼？」那老人曰：「宁在直中取，不在曲中求。非为锦鳞，只钓王侯。」孩儿笑他：「你这个人也想做王侯，你那嘴脸，也不像个王侯，就像一个活猴！」那老人看看孩儿曰：「我看你的嘴脸也不好。」我问他：「我怎的不好？」那老人说孩儿「左眼青，右眼红，今日必定打死人」，确确的，那一日打死了王相。我想老人嘴极毒，想将起来可恶。』其母问吉曰：『那老人姓甚，名谁？』武吉曰：『那老人姓姜，名尚，字子牙，道号飞熊。因他说出号来，孩儿故此笑他。他才说出这样破话。』老母曰：『此老善相，莫非有先见之明？我儿，此老人你还去求他救你。此老必是高人。』武吉听了母命，收拾径往磻溪来见子牙。不知后事如何，且听下回分解。

第二十四回　渭水文王聘子牙

诗曰：

别却朝歌隐此间，喜观绿水绕青山。
《黄庭》两卷消长昼，金鲤三条了笑颜。
柳内莺声来呖呖，岸旁溜响听潺潺。
满天华露开祥瑞，赢得文王仙驾扳。

话说武吉来到溪边，见子牙独坐垂杨之下，将鱼竿飘浮绿波之上，自己作歌取乐。武吉走至子牙之后，款款叫曰：『姜老爷！』子牙回首，看见武吉，子牙曰：『你是那一日在此的樵夫。』武吉答曰：『正是。』子牙道：『你那一日可曾打死人么？』武吉慌忙跪泣告曰：『小人乃山中蠢子，执斧愚夫，哪知深奥？肉眼凡胎，不识老爷高明隐达之士。前日一语，冒犯尊颜。老爷乃大人之辈，不是我等小人，望姜老爷切勿记怀，大开仁慈，广施恻隐，只当普济群生！那日别了老爷，行至南门，正遇文王驾至，挑柴闪躲，不知塌了尖担，果然打死门军王相。此时文王定罪，理合抵命。小人因思母老无依，终久必成沟壑之鬼，蒙上大夫散宜生老爷为小人启奏文王，权放归家，置办母事完备，不日去抵王相之命。以此思之，母子之命依旧不保。今日特来叩见姜老爷，万望怜救毫末余生，得全母子之命。小人结草衔环，犬马相报，决不敢有负大德！』子牙曰：『「数定难移」。你打死了人，宜

当偿命。我怎么救得你？』武吉哀哭拜求曰：『老爷恩施，昆虫草木，无处不发慈悲，倘救得母子之命，没齿难忘！』子牙见武吉来意虔诚，亦且此人后必有贵，子牙曰：『你要我救你，你拜吾为师，我方救你。』武吉听言，随即下拜。子牙曰：『你既为吾弟子，我不得不救你。如今你速回到家，在你床前，随你多长，挖一坑堑，深四尺。你至黄昏时候，睡在坑内；叫你母亲于你头前点一盏灯，脚头点一盏灯。或米也可，或饭也可，抓两把撒在你身上，放上些乱草。睡过一夜起来，只管去做生意，再无事了。』武吉听了，领师之命，回到家中，挖坑行事。有诗为证。诗曰：

文王先天数，子牙善厌星。
不因武吉事，焉能涉帝廷。
磻溪生将相，周土产天下。
大造原相定，须教数合冥。

话说武吉回到家中，满面喜容。母说：『我儿，你去求姜老爷，此事如何？』武吉对母亲一一说了一遍。母亲大喜，随命武吉挖坑点灯。不题。

且说子牙三更时分，披发仗剑，踏罡布斗，掐诀结印，随与武吉厌星。次早，武吉来见子牙，口称『师父』，下拜。子牙曰：『既拜吾为师，早晚听吾教训。打柴之事，非汝长策。早起挑柴货卖，到中时来讲谈兵法。方今纣

王无道，天下反乱四百镇诸侯。』武吉曰：『老师父，反了哪四百镇诸侯？』子牙曰：『反了东伯侯姜文焕，领兵四十万，大战游魂关；南伯侯鄂顺反了，领三十万人马，攻打三山关。我前日仰观天象，见西岐不久刀兵四起，离乱发生。此是用武之秋，上心学艺，若能得功出仕，便是天子之臣，岂是打柴了事。古语有云：「将相本无种，男儿当自强。」又曰：「学成文武艺，货与帝王家。」也是你拜我一场。』武吉听了师父之言，早晚上心，不离子牙，精学武艺，讲习六韬。不表。

话说散宜生一日想起武吉之事，一去半载不来。宜生入内庭见文王，启奏曰：『武吉打死王相，臣因见彼有老母在家，无人养侍，奏过主公，放武吉回家，办其母棺木日费之用即来；岂意彼竟欺灭国法，今经半载，不来领罪，此必狡猾之民。大王可演先天数以验真实。』文王曰：『善。』随取金钱，占演凶吉。文王点首叹曰：『武吉亦非猾民，因惧刑自投万丈深潭已死。若论正法，亦非斗殴杀人，乃是误伤人命，罪不该死。彼反惧法身死，如武吉深为可悯！』叹息

良久，君臣各退。

正是捻指光阴似箭，果然岁月如流。文王一日与文武闲居无事，见春和景媚，柳舒花放，桃李争妍，韶光正茂。文王曰：『三春景色繁华，万物发舒，襟怀爽畅，孤同诸子、众卿，往南郊寻青踏翠，共乐山水之欢，以效寻芳之乐。』散宜生近前启曰：『主公，昔日造灵台，夜兆飞熊，主西岐得栋梁之才，主君有贤辅之佐。况今春光晴爽，花柳争妍，一则围幸于南郊，二则访遗贤于山泽。臣等随使，南宫适、辛甲保驾，正尧舜与民同乐之意。』文王大悦，随传旨：『次早南郊围幸行乐。』次日，南宫适领五百家将出南郊，步一围场。众武士披执，同文王出城，行至南郭。怎见得好春光景致：

和风飘动，百蕊争荣。桃红似火，柳嫩成金，萌芽初出土，百草正排新，芳草绵绵铺锦绣，娇花袅袅斗春风。林内清奇鸟韵，树外氤氲烟笼。听黄鹂、杜宇唤春回，遍访游人行乐；絮飘花落，溶溶归棹，又添水面文章。见几个牧童短笛骑牛背；见几个田下锄人运手忙；见几个摘桑拎着桑篮走；见几个采茶歌罢入茶筐。一段青，一段红，春光富贵；一园花，一园柳，花柳争妍。无限春光观不尽，溪边春水戏鸳鸯。

人人贪恋春三月，留恋春光却动心。

劝君休错三春景，一寸光阴一寸金。

话说文王同众文武出郊外行乐，共享三春之景。行至一山，见有围场，步成罗网。文王一见许多家将披坚执锐，手持扫杆钢叉，黄鹰猎犬，雄威万状。怎见得：

烈烈旌旗似火，辉辉造盖遮天。锦衣绣袄驾黄鹰，花帽征衣牵猎犬。粉青毡笠，打洒朱缨。粉青毡笠，一池荷叶舞清风；打洒朱缨，开放桃花浮水面。只见：赶獐猎犬，钻天鹞子带红缨；捉兔黄鹰，拖帽金彪双凤翅。黄鹰起去，空中咬坠玉天鹅；恶犬来时，就地拖番梅花鹿。青锦白吉，锦豹花彪。青锦白吉，遇长杆血溅满身红；锦豹花彪，逢利刃血淋山土赤。野鸡着箭，穿住二翅怎能飞；鸬鹚遭叉，扑地翎毛难展挣。大弓射去，青妆白鹿怎逃生；药箭来时，练雀斑鸠难回避。旌旗招展乱纵横，鼓响锣鸣声呐喊。打围人个个心猛，兴猎将各各欢欣。登崖赛过搜山虎，跳涧犹如出海龙。火炮钢叉连地滚，窝弓伏弩傍空行。长天听有天鹅叫，开笼又放海东青。

话说文王见这样个光景，忙问：『上大夫，此是一个围场，为何设于此山？』宜生马上欠身答曰：『今日千岁游春行乐，共幸春光，南将军已设此围场，俟主公打猎行幸，以畅心情，亦不枉行乐一番，君臣共乐。』文王听说，正色曰：『大夫之言差矣！昔伏羲皇帝不用茹毛，而称至圣。当时有首相名曰风后，进茹毛于伏羲；伏羲曰：「此鲜食皆百兽之肉，吾人饥而食其肉，渴而饮其血，以之为滋养之道；不知吾欲其生，忍令彼死，此心何忍。朕今不食禽兽之肉，宁食百草之粟。各全生命以养天和，无伤无害，岂不为美。」伏羲居洪荒之世，无百谷之美，尚不茹毛鲜食；况如今五谷可以养生，肥甘足以悦口，孤与卿踏青行乐，以赏此韶华风景，今欲骋孤等之乐，追麋逐鹿，较强比胜，骋英雄于猎较之间，禽兽何辜，而遭此杀戮之惨！且当此之时，阳春乍启，正万物生育之时，而行此肃杀之政，此仁

人所痛心者也。古人当生不剪，体天地好生之仁。孤与卿等何蹈此不仁之事哉。速命南宫适，将围场去了！』众将传旨。文王曰：『孤与众卿，在马上欢饮行乐。』观望来往士女纷纭，踏青紫陌，斗草芳丛，或携酒而乐溪边，或讴歌而行绿圃，君臣马上，忻然而叹曰：『正是君正臣贤，士民怡乐。』宜生马上欠背答曰：『主公，西岐之地胜似尧天。』君臣正迤逦行乐，只见那边一伙渔人作歌而来：

忆昔成汤扫桀时，十一征兮自葛始。堂堂正大应天人，义旗一举民安止。今经六百有余年，祝纲恩波将歇息。悬肉为林酒作池，鹿台积血高千尺。内荒于色外荒禽，嘈嘈四海沸呻吟。我曹本是沧海客，洗耳不听亡国音。日逐洪涛歌浩浩，夜观星斗垂孤钓。孤钓不如天地宽，白头俯仰天地老。

文王听渔人歌罢，对散宜生曰：『此歌韵度清奇，其中必定有大贤隐于此地。』文王命辛甲：『与孤把作歌贤人请来相见。』辛甲领旨，将坐下马一磕，向前厉声言曰：『内中有贤人，请出来见吾千岁！』那些渔人齐齐跪下，答曰：『吾等都是「闲」人。』辛甲曰：『你们为何都是贤人？』渔人曰：『我等早晨出户捕鱼，这时节回来无事，故此我等俱是「闲」人。』不一时，文王马到。辛甲向前启曰：『此乃俱是渔人，非贤人也。』文王曰：『孤听作歌，韵度清奇，内中定有大贤。』众渔人曰：『此歌非小民所作。离此三十五里，有一磻溪，溪中有一老人，时常作此歌，我们耳边听的熟了，故此随口唱出此歌，实非小民所作。』文王曰：『诸位请回。』众渔人叩头去了。

文王马上想歌中之味，好个『洗耳不听亡国音』。旁有大夫散宜生欠背言曰：『「洗耳不听亡国音」者何也？』昌曰：『大夫不知么？』宜生曰：『臣愚不知深义。』昌曰：『此一句乃尧王访舜天子故事。昔尧有德，乃生不肖之男；后尧王恐失民望，私行访察，欲要让位。一日行至山僻幽静之乡，见一人倚溪临水，将一小瓢儿在水中转。尧王问曰：「公为何将此瓢在水中转？」其人笑曰：「吾看破世情，却了名利，去了家私，弃了妻子，离爱欲是非之门，抛红尘之径，避处深林，齑盐蔬食，怡乐林泉，以终天年，平生之愿足矣。」尧王听罢大喜，「此人眼空一世，忘富贵之荣，远是非之境，真乃仁杰也。孤将此帝位正该让他。」王曰：「贤者，吾非他人，朕乃帝尧。今见大贤有德，欲将天子之位让你，可否？」其人听罢，将小瓢拿起，一脚踏的粉碎，两只手掩住耳朵，飞跑跑至溪边洗耳。正洗之间，又见一人牵一只牛来吃水。其人曰：「那君子，牛来吃水了。」那人只管洗耳。其人又曰：「此耳有多少秽污，只管洗？」那人洗完，方开口答曰：「方才帝尧让位与我，把我双耳都污了，故此洗了一会，有误此牛吃水。」其人听了，把牛牵至上流而饮。那人曰：「为甚事便走？」其人曰：「水被你洗污了，如何又污吾牛口？」当时高洁之士如此。此一句乃是「洗耳不听亡国音」。』众官马上俱听文王谈讲先朝兴废，后国遗踪。君臣马上传杯共享，与民同乐，见了些桃红李白，鸭绿鹅黄，莺声嘹呖，紫燕呢喃，风吹不管游人醉，独有三春景色新。君臣正行，见一起樵夫作歌而来：

凤非乏兮麟非无，但嗟治世有隆污。

龙兴云出虎生风，世人谩惜寻贤路。
君不见耕莘野夫，心乐尧舜与犁锄。
不遇成汤三使聘，怀抱经纶学左徒。
又不见一傅岩子，萧萧蓑笠甘寒楚。
当年不入高宗梦，霖雨终身藏版土。
古来贤达辱而荣，岂特吾人终水浒。
且横牧笛歌清昼，慢叱犁牛耕白云。
王侯富贵斜晖下，仰天一笑俟明君。

文王同文武马上听得歌声甚是奇异，内中必有大贤。命辛甲：『请贤者相见。』辛甲领命，拍马前来，见一伙樵人，言曰：『你们内中可有贤者？请出来与吾大王相见。』众人放下担儿，俱言：『内中并无贤者。』不一时文王马至。辛甲回复曰：『内无贤士。』文王曰：『歌韵清奇，内中岂无贤士？』中有一人曰：『此歌非吾所作。前边十里，地名磻溪，其中有一老叟，朝暮垂竿。小民等打柴回来，磻溪少歇，朝夕听唱此歌，众人听得熟了，故此随口唱出。不知大王驾临，有失回避，乃子民之罪也。』王曰：『既无贤士，尔等暂退。』众皆去了。文王在马上只管思念。又行了一路，与文武把盏，兴不能尽。春光明媚，花柳芳妍，红绿交加，妆点春色。

正行之间，只见一人挑着一担柴唱歌而来：

春水悠悠春草奇，金鱼未遇隐磻溪。
世人不识高贤志，只作溪边老钓矶。

文王听得歌声，嗟叹曰：『奇哉！此中必有大贤。』宜生在马上看那挑柴的好像猾民武吉。宜生曰：『主公，方才作歌者像似打死王相的武吉。』王曰：『大夫差矣！武吉已死万丈深潭之中，前演先天，岂有武吉还在之理。』宜生看的实了，随命辛免曰：『你是不是拿来。』辛免走马向前。武吉见是文王驾至，回避不及，把柴歇下，跪在尘埃。辛免看时，果然是武吉。辛免回见文王，启曰：『果是武吉。』文王闻言，满面通红，见吉大喝曰：『匹夫怎敢欺孤太甚！』随对宜生曰：『大夫，这等狡猾逆民，须当加等勘问。杀伤人命，躲重投轻，罪与杀人等。今非谓武吉逃躲，则先天数竟有差错，何以传世。』武吉泣拜在地，奏曰：『吉乃守法奉公之民，不敢狂悖。只因误伤人命，前去问一老叟。离此间三里，地名磻溪，此人乃东海许州人氏，姓姜，名尚，字子牙，道号飞熊，叫小人拜他为师，传与小人：回家挖一坑，叫小人睡在里面，用草盖在身上，头前点一盏灯，脚后点一盏灯，草上用米一把撒在上面，睡到天明，只管打柴，再不妨事。千岁爷，「蝼蚁尚且贪生，岂有人不惜命」。』只见宜生马上欠身贺曰：『恭喜大王！武吉今言此人，道号飞熊，正应灵台之兆。昔日商高宗夜梦飞熊而得傅说；今日大王梦飞熊，应得子牙。今大王行乐，正应求贤。望大王宜赦武吉无罪，令武吉往前林请贤士相

见。』武吉叩头，飞奔林中去了。且说文王君臣，将至林前，不敢惊动贤士，离数箭之地，文王下马，同宜生步行入林。

且说武吉赶进林来，不见师父，心下着慌；又见文王进林。宜生问曰：『贤士在否？』武吉答曰：『方才在此，这会不见了。』文王曰：『贤士可有别居？』武吉道：『前边有一草舍。』武吉引文王驾至门首。文王以手抚门，犹恐造次。只见里面走一小童开门。文王笑脸问曰：『老师在否？』童曰：『不在了。同道友闲行。』文王问曰：『甚时回来？』童子答曰：『不定。或就来，或一二日，或三五日，萍梗浮踪，逢山遇水，或师或友，便谈玄论道，故无定期。』宜生在旁曰：『臣启主公：求贤聘杰，礼当虔诚。今日来意未诚，宜其远避。昔上古神农拜常桑，轩辕拜老彭，黄帝拜风后，汤拜伊尹，须当沐浴斋戒，择吉日迎聘，方是敬贤之礼。主公且暂请驾回。』文王曰：『大夫之言是也。』命武吉随驾入朝。文王行至溪边，见光景稀奇，林木幽旷，乃作诗曰：

宰割山河布远猷，大贤抱负可同谋。
此来不见垂竿叟，天下人愁几日休。

又见绿柳之下，坐石之旁，鱼竿飘在水面，不见子牙，心中甚是怛怏。复作诗曰：

求贤远出到溪头，不见贤人止见钩。
一竹青丝垂绿柳，满江红日水空流。

文王犹留恋不舍。宜生复劝，文王方随众文武回朝。抵暮，进西岐，俱到殿前，文王传旨，令百官：『俱不必各归府第，都在殿廷宿斋三日，同去迎请大贤。』内有大将军南宫适进曰：『磻溪钓叟恐是虚名，大王未知真实，而以隆礼迎请，倘言过其实，不空费主公一片真诚，竟为愚夫所弄。依臣愚见，主公亦不必如此费心，待臣明日自去请来。如果才副其名，主公再以隆礼加之未晚。如果虚名，可叱而不用，又何必主公宿斋而后请见哉。』宜生在旁厉声言曰：『将军！此事不是如此说！方今天下荒荒，四海鼎沸，贤人君子多隐岩谷。今飞熊应兆，上天垂象，特赐大贤助我皇基，是西岐之福泽也。此时自当学古人求贤，破拘挛之习，岂得如近日欲贤人之自售哉。将军切不可说如是之言，使诸臣懈怠！』文王闻言大悦，曰：『大夫之言，正合孤意。』于是百官俱在殿廷歇宿三日，然后聘请子牙。后有诗曰：

西岐城中鼓乐喧，文王聘请太公贤。
周家从此皇基固，四九为尊八百年。

文王从散宜生之言，斋宿三日。至第四日，沐浴整衣，极其精诚。文王端坐鸾舆，扛抬聘礼。文王摆列军马成行，前往磻溪，来迎子牙。封武吉为武德将军。笙簧满道，竟出西岐。不知惊动多少人民，扶老携幼，来看迎贤。但见：

旗分五彩，戈戟锵锵。笙簧拂道，犹如鹤唳鸾鸣；画鼓咚咚，一似雷声滚滚。对子马人人喜悦，金吾士个个欢

宜生将聘礼摆开。子牙看了，速命童儿收讫。

欣。文在东，宽袍大袖，武在西，贯甲披坚。毛公遂、周公旦、召公奭、毕公荣，四贤佐主；伯达、伯适、叔夜、叔夏等八俊相随。城内氤氲香满道，郭外瑞彩结成祥。圣主降临西土地，不负五凤鸣岐山。万民齐享升平日，宇宙雍熙八百年。飞熊仁兆兴周室，感得文王聘大贤。

文王带领众文武出郭，径往磻溪而来。行至三十五里，早至林下。文王传旨：『士卒暂在林外扎住，不必声扬，恐惊动贤士。』文王下马，同散宜生步行，人得林来，只见子牙背坐溪边。文王悄悄的行至跟前，立于子牙之后。子牙明知驾临，故作歌曰：

西风起兮白云飞，岁已暮兮将焉为？

五凤鸣兮真主现，垂竿钓兮知我稀。

子牙作歌毕。文王曰：『贤士快乐否？』子牙回头，看见文王，忙弃竿一旁，俯伏叩地曰：『子民不知驾临，有失迎候，望贤王恕尚之罪。』文王忙扶住，拜言曰：『久慕先生，前顾不虔，昌知不恭，今特斋戒，专诚拜谒，得睹先生尊颜，实昌之幸也。』命宜生：『扶

贤士起。』子牙躬身而立。文王笑容携子牙至茅舍之中。子牙再拜。文王同拜。王曰：『久仰高明，未得相见。今幸接丰标，祗聆教诲，昌实三生之幸矣。』子牙拜而言曰：『尚乃老朽非才，不堪顾问，文不足安邦，武不足定国，荷蒙贤王枉顾，实辱鸾舆，有幸圣德。』宜生在旁曰：『先生不必过谦。吾君臣沐浴虔诚，特申微忱，专心聘请。今天下纷纷，定而又乱。当今天子，远贤近佞，荒淫酒色，残虐生民，诸侯变乱，民不聊生。吾主昼夜思维，不安枕席。久慕先生大德，侧隐溪岩，特具小聘，先生不弃，供佐明时，吾王幸甚，生民幸甚。先生何苦隐胸中之奇谋，忍生民之涂炭；何不一展绪余，哀此茕独，出水火而置之升平。此先生覆载之德，不世之仁也。』宜生将聘礼摆开。子牙看了，速命童儿收讫。宜生将鸾舆推过，请子牙登舆。子牙跪而告曰：『老臣荷蒙洪恩，以礼相聘，尚已感激非浅，怎敢乘坐鸾舆，越名僭分。这个断然不敢！』文王曰：『孤预先相设，特迓先生，必然乘坐，不负素心。』子牙再三不敢，推阻数次，决不敢坐。宜生见子牙坚意不从，乃对文王曰：『贤人既不乘舆，望主公从贤者之请。可将大王逍遥马请乘。主公乘舆。』王曰：『若是如此，有失孤数日之虔敬也。』彼此又推让数番，文王方乘舆，子牙乘马。欢声载道，士马轩昂。时值喜吉之辰，子牙时来，年近八十。有诗叹曰：

渭水溪头一钓竿，鬓霜皎皎两云皤。
胸横星斗冲霄汉，气吐虹霓扫月寒。

养老来归西伯下，避危折弃旧王冠。
自从梦入飞熊后，八百余年享奠安。

话说文王聘子牙，进了西岐，万民争看，无不忻悦。子牙至朝门下马。文王升殿，子牙朝贺毕。文王封子牙为右灵台丞相。子牙谢恩，偏殿设宴，百官相贺对饮。其时君臣有辅，龙虎有依。子牙治国有方，安民有法，件件有条，行行有款，西岐起造相府。此时有报传进五关。汜水关首将韩荣具疏往朝歌，言姜尚相周。不知子牙后事如何，且听下回分解。

第二十五回　苏妲己请妖赴宴

诗曰：

鹿台只望接神仙，岂料妖狐降绮筵。
浊骨不能超浊世，凡心怎得出凡筌。
希徒弄巧欺明哲，孰意招尤剪秽膻。
惟有昏庸殷纣拙，反听苏氏杀先贤。

话说韩荣知文王聘请子牙相周，忙修本差官往朝歌。非止一日，进城来，差官往文书房来下本。那日看本者乃比干丞相。比干见此本，姜尚相周一节，沉吟不语，仰天叹息曰：『姜尚素有大志，今佐西周，其心不小。此本不可不奏。』比干换本往摘星楼来候旨。纣王宣比干进见。王曰：『皇叔有何奏章？』比干奏曰：『汜水关总兵官韩荣一本，言姬昌礼聘姜尚为相，其志不小。东伯侯反于东鲁之乡；南伯侯屯兵三山之地；西伯姬昌若有变乱，此时正谓刀兵四起，百姓思乱。况水旱不时，民贫军乏，库藏空虚。况闻太师远征北地，胜败未分，真国事多艰，君臣交省之时。愿陛下圣意上裁，请旨定夺。』王曰：『候朕临殿，与众卿共议。』君臣正论国事，只见当驾官奏曰：『北伯侯崇侯虎候旨。』命传旨：『宣侯虎上楼。』王曰：『卿有何奏章？』侯虎奏曰：『奉旨监造鹿台，整造二年零四个月，今已完工，特来复命。』纣王大喜，『此台非卿之力，终不能如是之速。』侯虎曰：『臣昼夜督工，焉敢怠玩，

故此成工之速。』王曰：『目今姜尚相周，其志不小，汜水关总兵韩荣有本来说；为今之计，如之奈何！卿有何谋，可除姬昌大患？』侯虎奏曰：『姬昌何能！姜尚何物！井底之蛙，所见不大；萤火之光，其亮不远。名为相周，犹寒蝉之抱枯杨，不久俱尽。陛下若以兵加之，使天下诸侯耻笑。据臣观之，无能为耳。愿陛下不必与之较可也。』王曰：『卿言甚善。』纣王又问曰：『鹿台已完，朕当幸之。』侯虎奏曰：『特请圣驾观看。』纣王甚喜：『二卿可暂往台下，候朕与皇后同往。』王传旨：『排銮驾往鹿台玩赏。』有诗为证，诗曰：

鹿台高耸透云霄，断送成汤根与苗。
土木工兴人失望，黎民怨起鬼应妖。
食人无厌崇侯恶，献媚逢迎费仲枭。
勾引狐狸歌夜月，商朝一似水中飘。

话说纣王与妲己同坐七香车，宫人随驾，侍女纷纷，到得鹿台，果然华丽。君后下车，两边扶侍上台。真是瑶池紫府，玉阙珠楼，说甚么蓬壶方丈！团团俱是白石砌就，周围尽是玛瑙妆成。楼阁重重，显雕檐碧瓦；亭台叠叠，皆兽马金环。殿当中嵌几样明珠，夜放光华，空中照耀；左右尽铺设俱是美玉良金，辉煌闪灼。比干随行，在台观看，台上不知费几许钱粮，无限宝玩，可怜民膏民脂，弃之无用之地。想台中间不知陷害了多少冤魂屈鬼。又见纣王携妲己入内庭。比干看罢鹿台，不胜嗟叹。有赋为证，赋曰：

比干听说，心下着疑。内传旨：『斟酒。』比干执金壶，斟酒三十九席已完，身居相位，不识妖气，怀抱金壶，侍于侧伴。

台高插汉，榭耸凌云：九曲栏杆，饰玉雕金光彩彩；千层楼阁，朝星映月影溶溶。怪草奇花，香馥四时不卸；殊禽异兽，声扬十里传闻。游宴者恣情欢乐；供力者劳瘁艰辛！涂壁脂泥，俱是万民之膏血；华堂采色，尽收百姓之精神。绮罗锦席，空尽织女机杼；丝竹管弦，变作野夫啼哭。真是以天下奉一人，须信独夫残万姓。

比干在台上，忽见纣王传旨奏乐饮宴，赐比干、侯虎筵席。二臣饮罢数杯，谢酒下台。不表。

且说妲己与纣王酣饮。王曰：『爱卿曾言鹿台造完，自有神仙、仙子、仙姬俱来行乐；今台已造完成，不识神仙、仙子，可一日一至乎？』这一句话原是当时妲己要与玉石琵琶精报仇，将此鹿台图献与纣王，要害子牙，故将邪言惑诱纣王；岂知作耍成真，不期今日工完，纣王欲想神仙，故问妲己。妲己只得朦胧应曰：『神仙、仙子，乃清虚有道之士，须待月色圆满，光华皎洁，碧天无翳，方肯至此。』纣王曰：『今乃初十日，料定十四、五夜，月华圆满，必定光辉，使朕会一会神

仙、仙子，何如？』妲己不敢强辩，随口应承。此时纣王在台上，贪欢取乐，淫逸无休。从来有福者，福德多生，无福者，妖孽方积。奢侈淫逸，乃丧身之药。纣王日夜纵施，全无忌惮。妲己自纣王要见神仙、仙子之类，着实挠心，日夕不安。其日乃是九月十三日，三更时分，妲己候纣王睡熟，将元形出窍，一阵风声，来至朝歌南门外，离城三十五里轩辕坟内。妲己元形至此，众狐狸齐来迎接。又见九头雉鸡精出来相见。雉鸡精道：『姐姐为何到此？你在深院皇宫受享无穷之福，何尝思念我等在此凄凉！』妲己道：『妹妹，我虽偏你们，朝朝侍天子，夜夜伴君王，未尝不思念你等。如今天子造完鹿台，要会仙姬、仙子；我思一计，想起妹妹与众孩儿们，有会变者，或变神仙，或变仙子、仙姬，去鹿台受享天子九龙宴席；不会变者，自安其命，在家看守。俟其日，妹妹同众孩儿们来。』雉鸡精道：『我有些需事，不能领席；算将来只得三十九名会变的。』妲己吩咐停当，风声响处，依旧回宫，入还本窍。纣王大醉，哪知妖精出入？一宿天明。次日，纣王问妲己曰：『明日是十五夜，正是月满之辰，不识群仙可能至否？』妲己奏曰：『明日治宴三十九席，排三层，摆在鹿台，候神仙降临。陛下若会仙家，寿添无算。』纣王大喜。王问曰：『神仙降临，可命一臣斟酒陪宴。』妲己曰：『须得一大量大臣，方可陪席。』王曰：『合朝文武之内，止有比干量洪。』传旨：『宣亚相比干。』不一时，比干至台下朝见。纣王曰：『明日命皇叔陪群仙筵宴，至月上，台下候旨。』比干领旨，不知怎样陪神仙？糊涂不明。仰天叹息：『昏君！社稷这等狼狈，国事日见颠危，今又痴心逆想，要会神仙；似此又是妖言，岂是国家吉兆！』比干回府，总不知所出。

且说纣王次日传旨：『打点筵宴，安排台上，三十九席俱朝上摆列，十三席一层，摆列三层。』纣王吩咐，布列停妥。纣王恨不得将太阳速送西山，皎月忙升东土。九月十五日抵暮，比干朝服往台上候旨。且说纣王见日已西沉，月光东上，纣王大喜，如得万斛珠玉一般，携妲己于台上，看九龙筵席，真乃是烹龙炮凤珍羞味，酒海肴山色色新。席已完备，纣王、妲己入内坐欢饮，候神仙前来。妲己奏曰：『但群仙至此，陛下不可出见；如泄天机，恐后诸仙不肯再降。』王曰：『御妻之言是也。』话犹未了，将近一更时分，只听得四下里风响。怎见得，有诗为证，诗曰：

妖云四起罩乾坤，冷雾阴霾天地昏。
纣王台前心胆战，苏妃目下子孙尊。
只知饮宴多生福，孰料贪杯惹灭门。
怪气已随王气散，至今遗笑鹿台魂。

这些在轩辕坟内狐狸，采天地之灵气，受日月之精华，或一、二百年者，或三、五百年者，今并化作仙子、仙姬，神仙体象而来。那些妖气，霎时间，把一轮明月雾了。风声大作，犹如虎吼一般。只听得台上飘飘的落下人来。那月光渐渐的现出。妲己悄悄启曰：『仙子来了。』慌的纣王隔绣帘一瞧，内中袍分五色，各穿青、黄、赤、白、黑，内有戴鱼尾冠者，九扬巾者，一字巾者，陀头打扮者，双丫髻者；内有盘龙云髻如仙子、仙姬者。纣王在帘内观之，龙心大悦。只听有一仙人言曰：『众位道友，稽首了。』众仙答礼曰：『今蒙纣王设席，宴吾辈于鹿台，诚为厚

赐。但愿国祚千年胜，皇基万万秋！』妲己在里面传旨：『宣陪宴官上台。』比干上台，月光下一看，果然如此，个个有仙丰道骨，人人像不老长生。自思：『此事实难解也！人像两真，我比干只得向前行礼。』内有一道人曰：『先生何人？』比干答曰：『卑职亚相比干，奉旨陪宴。』道人曰：『既是有缘来此会，赐寿一千秋。』比干听说，心下着疑。内传旨：『斟酒。』比干执金壶，斟酒三十九席已完，身居相位，不识妖气，怀抱金壶，侍于侧伴。这些狐狸，俱仗变化，全无忌惮，虽然服色变了，那些狐狸骚臭变不得；比干只闻狐骚臭。比干自想：『神仙乃六根清净之体，为何气秽冲人！』比干叹息：『当今天子无道，妖生怪出，与国不祥。』正沉思之间，妲己命陪宴官奉大杯。比干依次奉三十九席，每席奉一杯，陪一杯。比干有百斗之量，随奉过一回。妲己又曰：『陪宴官再奉一杯。』比干每一席又是一杯。诸妖连饮二杯。此杯乃是劝杯。诸妖自不曾吃过这皇封御酒，狐狸量大者，还招架的住；量小者，招架不住。妖怪醉了，把尾巴都拖下来只是晃。妲己不知好歹，只是要他的子孙吃；但不知此酒发作起来，禁持不住，都要现出原形来。比干奉第二层酒，头一层都挂下尾巴，都是狐狸尾。此时月照正中，比干着实留神，看得明白，已是追悔不及，暗暗叫苦，想：『我身居相位，反见妖怪叩头，羞杀我也！』比干闻狐狸骚臭难当，暗暗切齿。且说妲己在帘内看着陪宴官奉了三杯，见小狐狸醉将来了，若现出原身来，不好看相。妲己传旨：『陪宴官暂下台去，不必奉酒；任从众仙各归洞府。』比干领旨，郁郁不乐；出了内庭，过了分宫楼、显庆殿、嘉善殿、九间殿。殿内有宿夜官员。出了午门上马，前边有一对红纱灯引道。未及行了二里，前面火把灯笼，锵锵士马，原来是武成王黄飞虎巡督

皇城。比干上前，武成王下马，惊问比干曰：『丞相有甚紧急事，这时节才出午门？』比干顿足道：『老大人！国乱邦倾，纷纷精怪，浊乱朝廷，如何是好！昨晚天子宣我陪仙子、仙姬宴，果然有一更月上，奉旨上台，看一起道人，各穿青、黄、赤、白、黑衣，也有些仙丰道骨之像。孰知原来是一阵孤狸精。那精连饮两三大杯，把尾巴挂将下来，月下明明的看得是实。如此光景，怎生奈何！』黄飞虎曰：『丞相请回，末将明日自有理会。』比干回府。黄飞虎命黄明、周纪、龙环、吴乾：『你四人各带二十名健卒，散在东、南、西、北地方；看那些道人出那一门，务踪其巢穴，定要真实回报。』四将领命去讫。武成王回府。

且说众狐狸酒在腹内，闹将起来，架不得妖风，起不得朦雾，勉强架出午门，一个个都落下来，拖拖拽拽，挤挤挨挨，三三五五，拥簇而来。出南门，将至五更，南门开了，周纪远远的黑影之中，明明看见。随后哨探：离城三十五里，轩辕坟旁，有一石洞，那些道人、仙子，都爬进去了。次日，黄飞虎升殿，四将回令。周纪曰：『昨在南门，探得道人有三、四十名，俱进轩辕坟石洞内去了。探的是实，请令定夺。』黄飞虎即命周纪：『领三百家将，尽带柴薪，塞住石洞，将柴架起来烧，到下午来回令。』周纪领令去讫。门官报道：『亚相到了。』飞虎迎请到庭上行礼，分宾主坐下。茶罢，黄飞虎将周纪一事说明。比干大喜称谢。二人在此谈论国家事务。武成王置酒，与比干丞相传杯相叙，不觉就至午后。周纪来见，『奉令放火，烧到午时，特来回令。』飞虎曰：『末将同丞相一往如何？』比干曰：『愿随车驾。』二人带领家将，同出南门，三十五里，来至坟前，烟火未灭。黄将军下骑命家将将火灭了，用挠钩挞将出来。众家将领命。不题。且说这些狐狸吃了酒的死也甘心，还有不会变的，无辜俱死于一穴。有诗为证，诗曰：

欢饮传杯在鹿台，狐狸何事化仙来。
只因秽气人看破，惹下焦身粉骨灾。

众家将不一时将些狐狸挞出，而有焦毛烂肉，臭不可闻。比干对武成王曰：『这许多狐狸，还有未焦者，拣选好的，将皮剥下来，造一袍袄献与当今，以惑妲己之心，使妖魅不安于君前，必至内乱；使天子醒悟，或知贬谪妲己，也见我等忠诚。』二臣共议，大悦。各归府第，欢饮尽醉而散。古语云：不管闲事终无事，只怕你谋里招殃祸及身。不知后来凶吉如何，且听下回分解。

第二十六回　妲己设计害比干

诗曰：

朔风一夜碎琼瑶，丞相乘机进锦貂。
只望回心除恶孽，孰知触忌作君妖。
剜心已定千秋案，宠妒难羞万载谣。
可惜在汤贤圣业，化为流水逐春潮！

且说比干将狐狸皮硝熟，造成一件袍袄，只候严冬进袍。——此是九月。瞬息光阴，一如捻指，不觉时近仲冬。纣王同妲己宴乐于鹿台之上。那日只见：彤云密布，凛冽朔风。乱舞梨花，乾坤银砌；纷纷瑞雪，遍满朝歌。怎见得好雪：

空中银珠乱洒，半天柳絮交加。行人拂袖舞梨花，满树千枝银压。公子围炉酌酒，仙翁扫雪烹茶，夜来朔风透窗纱，也不知是雪是梅花。飕飕冷风侵人，片片六花盖地，瓦楞鸳鸯轻拂粉，炉焚兰麝可添绵。云迷四野催妆晚，暖客红炉玉影偏。此雪似梨花，似杨花，似梅花，似琼花：似梨花白；似杨花细；似梅花无香；似琼花珍贵。此雪有声，有色，有气，有味：有声者如蚕食叶；有气者冷浸心骨；有色者比美玉无瑕；有味者能识来年禾稼。团团如滚珠，碎剪如玉屑，一片似凤耳，两片似鹅毛，三片攒三，四片攒四，五片似梅花，六片如六萼。此雪下到稠密处，只见江河一道青。此雪有富，有贵，有贫，有贱：富贵者红炉添寿炭，暖阁饮羊羔；贫贱者厨中无米，灶下无柴。非是老天传敕旨，分明降下杀人刀。凛凛寒威雾气棼，国家祥瑞落纷纭。须臾四野难分变，顷刻千山尽是云。银世界，玉乾坤，空中隐跃自为群。此雪落到三更后，尽道丰年已十分。

纣王与妲己正饮宴赏雪，当驾官启奏：『比干候旨。』王曰：『宣比干上台。』比干行礼毕。王曰：『六花杂出，舞雪纷纭，皇叔不在府第酌酒御寒，有何奏章，冒雪至此？』比干奏曰：『鹿台高接霄汉，风雪严冬，臣忧陛下龙体生寒，特献袍袄，与陛下御冷驱寒，少尽臣微悃。』王曰：『皇叔年高，当留自用；今进与孤，足征忠爱！』命取来。比干下台，将朱盘高捧，面是大红，里是毛色。比干亲手抖开，与纣王穿上。帝大悦：『朕为天子，富有四海，实缺此袍御寒。今皇叔之功，世莫大焉！』纣王传旨：『赐酒共乐鹿台。』话说妲己在绣帘内观见，都是他子孙的皮，不觉一时间刀剜肺腑，火燎肝肠，此苦可对谁言！暗骂：『比干老贼！吾子孙就享了当今酒席，与老贼何干？你明明欺我，把皮毛惑吾之心。我不把你这老贼剜出你的心来，也不算中宫之后！』泪如雨下。不表妲己深恨比干。且说纣王与比干把盏。比干辞酒，谢恩下台。纣王着袍进内，妲己接住。王曰：『鹿台寒冷，比干进袍，甚称朕怀。』妲己奏曰：『妾有愚言，不识陛下可容纳否？陛下乃龙体，怎披此狐狸皮毛？不当稳便，甚为亵尊。』王曰：『御妻之言是也。』遂脱将下来贮库。此乃是妲己见物伤情，其心不忍，故为此语。因自沉思曰：『昔日欲造鹿台，为报琵琶妹子之仇，岂知惹出这场是非，连子孙俱剿灭殆尽……』心中甚是痛恨，一心要害比干，无计可施。

话说时光易度，一日，妲己在鹿台陪宴，陡生一计，将面上妖容撤去，比平常娇媚不过十分中一二。大抵往日如牡丹初绽，芍药迎风，梨花带雨，海棠醉日，艳冶非常。纣王正饮酒间，谛视良久，见妲己容貌大不相同，不住盼睐。妲己曰：『陛下频顾贱妾残妆何也？』纣王笑而不言。妲己强之。纣王曰：『朕看爱卿容貌，真如娇花美玉，令人把玩，不忍释手。』妲己曰：『妾有何容色，不过蒙圣恩宠爱，故如此耳。妾有一结识义妹姓胡，名曰喜媚，如今在紫霄宫出家。妾之颜色，百不及一。』纣王原是爱酒色的，听得如此容貌，其心不觉欣悦，乃笑而问曰：『爱卿既有令妹，可能令朕一见否？』妲己曰：『喜媚乃是闺女，自幼出家，拜师学道，上洞府名山紫霄宫内修行，一刻焉能得至？』王曰：『托爱卿福庇，如何委曲，使朕一见，亦不负卿所举。』妲己曰：『当时同妾在冀州时，同房针钱，喜媚出家，与妾作别，妾洒泪泣曰：「今别妹妹，永不能相见矣！」喜媚曰：「但拜师之后，若得五行之术，我送信香与你。姐姐欲要相见，焚此信香，吾当即至。」

后来去了一年，果送信香一块。未及二月，蒙圣恩取上朝歌，侍陛下左右；一向忘却。方才陛下不言，妾亦不敢奏闻。』纣王大喜曰：『爱卿何不速取信香焚之？』妲己曰：『尚早。喜媚乃是仙家，非同凡俗；待明日，月下陈设茶果，妾身沐浴焚香相迎，方可。』王曰：『卿言甚是，不可亵渎。』纣王与妲己宴乐安寝。却说妲己至三更时分，现出元形，竟到轩辕坟中。只见雉鸡精接着，泣诉曰：『姐姐！因为你一席酒，断送了你的子孙尽灭，将皮都剥了去，你可知道？』妲己亦悲泣道：『妹妹！因我子孙受此沉冤，无处申报，寻思一计，须……如此如此，可将老贼取心，方遂吾愿。今仗妹妹扶持，彼此各相护卫。我想你独自守此巢穴，也是寂寥，何不乘此机会，享皇宫血食，朝暮如常，何不为美。』雉鸡精深谢妲己曰：『既蒙姐姐抬举，敢不如命，明日即来。』妲己计较已定，依旧隐形回宫入窍，与纣王共寝。天明起来，正是纣王欢忭，专候今晚喜媚降临，恨不得把金乌赶下西山，去捧出东边玉兔来。至晚，纣王见华月初升，一天如洗，作诗曰：

金运蝉光出海东，清幽宇宙彻长空。
玉盘悬在碧天上，展放光辉散彩红。

话说纣王与妲己在台上玩月，催逼妲己焚香。妲己曰：『妾虽焚香拜请，倘或喜媚来时，陛下当回避一时。恐凡俗不便，触彼回去，急切难来。待妾以言告过，再请陛下相见。』纣王曰：『但凭爱卿吩咐，一一如命。』妲己方净手焚香，做成圈套。将近一鼓时分，听半空风响，阴云密布，黑雾迷空，把一轮明月遮掩。一霎时，天昏地暗，寒

气侵人。纣王惊疑，忙问妲己曰：『好风！一会儿翻转了天地。』妲己曰：『想必喜媚踏风云而来。』言未毕，只听空中有环佩之声，隐隐有人声坠落。妲己忙催纣王进里面，曰：『喜媚来矣。俟妾讲过，好请相见。』纣王只得进内殿，隔帘偷瞧。只见风声停息，月光之中，见一道姑穿大红八卦衣，丝绦麻履。况此月色复明，光彩皎洁，且是灯烛辉煌，常言『灯月之下看佳人，比白日更胜十倍』，只见此女肌如瑞雪，脸似朝霞，海棠丰韵，樱桃小口，香脸桃腮，光莹娇媚，色色动人。妲己向前曰：『妹妹来矣！』喜媚曰：『姐姐，贫道稽首了。』二人同至殿内，行礼坐下。茶罢，妲己曰：『昔日妹妹曾言，「但欲相会，只焚信香即至。」今果不失前言。得会尊容，妾之幸甚。』道姑曰：『贫道适闻信香一至，恐违前约，故此即速前来，幸恕唐突。』彼此逊谢。且说纣王再观喜媚之姿，复睹妲己之色，天地悬隔。纣王暗想：『但得喜媚同侍衾枕，便不做天子又何妨。』心上甚是难过。只见妲己问喜媚曰：『妹妹是斋，是荤？』喜媚答曰：『是斋。』妲己传旨：『排上素斋来。』二人传杯叙话。灯光之下，故作妖娆。纣王看喜媚，真如蕊宫仙子，月窟嫦娥。把纣王只弄的魂游荡漾三千里，魄绕山河十万重，恨不能共语相陪，一口吞他下肚，抓耳挠腮，坐立不宁，不知如何是好。纣王急得不耐烦，只得乱咳嗽。妲己已会其意，眼角传情，看着喜媚曰：『妹妹，妾有一言奉渎，不知妹妹可容纳否？』喜媚曰：『姐姐有何事吩咐？贫道领教。』妲己曰：『前者妾在天子面前，赞扬妹妹大德，天子喜不自胜，久欲一睹仙颜；今蒙不弃，慨赐降临，实出万幸。乞贤妹念天子渴想之怀，俯同一会，得领福慧，感戴不胜！今不敢唐突晋谒，托妾先容。不知妹妹意下如何？』喜媚曰：『妾系女流，况且出家，

生俗不便相会，一来男女不雅，且男女授受不亲，岂可同筵晤对，而不分内外之礼。』妲己曰：『不然。妹妹既系出家，原是「超出三界外，不在五行中」，岂得以世俗男女分别而论。况天子系命于天，即天之子，总控万民，富有四海，率土皆臣，即神仙亦当让位。况我与你幼虽结拜，义实同胞，即以姐妹之情，就见天子，亦是亲道，这也无妨。』喜媚曰：『姐姐吩咐，请天子相见。』纣王闻『请』字，也等不得，就走出来了。纣王见道姑一躬，喜媚打一稽首相还。喜媚曰：『请天子坐。』纣王便傍坐在侧。二妖反上下坐了。灯光下，见喜媚两次三番启朱唇，一点樱桃，吐的是美孜孜一团和气；转秋波，双湾活水，送的是娇滴滴万种风情，把个纣王弄得心猿难按，意马驰缰，只急得一身香汗。妲己情知纣王欲火正炽，左右难捱，故意起身更衣。妲己上前曰：『陛下在此相陪，妾更衣就来。』纣王复转下坐，朝上觌面传杯。纣王灯下以眼角传情，那道姑面红微笑。纣王斟酒，双手奉于道姑；道姑接酒，吐枭娜声音答曰：『敢劳陛下！』纣王乘机将喜媚手腕一捻，道姑不语，把纣王魂灵儿都飞在九霄。纣王见是如此，便问曰：『朕同仙姑台前玩月，何如？』喜媚曰：『领教。』纣王复携喜媚手出台玩月。喜媚不辞。纣王心动，便搭住香肩，月下偎倚，情意甚密。纣王心中甚美，乃以言挑之曰：『仙姑何不弃此修行，而与令姐同住宫院，抛此清凉，且享富贵，朝夕欢娱，四时欢计，岂不快乐！人生几何，乃自苦如此。仙姑意下如何？』喜媚只是不语。纣王见喜媚不甚推托，乃以手抹着喜媚胸膛，软绵绵，温润润，嫩嫩的腹皮，喜媚半推半就。纣王见他如此，双手抱搂，偏殿交欢，云雨几度，方才歇手。正起身整衣，忽见妲己出来，一眼看见喜媚乌云散乱，气喘吁吁，妲己曰：『妹妹为何这

等模样？』纣王曰：『实不相瞒，方才与喜媚姻缘相凑。天降赤绳，你妹妹同侍朕左右，朝暮欢娱，共享无穷之福。此亦是爱卿荐拔喜媚之功，朕心嘉悦，不敢有忘。』即传旨重新排宴，三人共饮，至五更方共寝鹿台之上。有诗为证，诗曰：

国破妖氛现，家亡纣主昏。不听君子谏，专纳佞臣言。
先爱狐狸女，又宠雉鸡精。比干逢此怪，目下死无存。

话说纣王暗纳喜媚，外官不知。天子不理国事，荒淫内阙，外廷隔绝，真是君门万里。武成王虽执掌大帅之权，提调朝歌四十八万人马，镇守都城，虽然丹心为国，其如不能面君谏言，彼此隔绝，无可奈何，只行长叹而已。一日，见报说，东伯侯姜文焕分兵攻打野马岭，要取陈塘关，黄总兵令鲁雄领兵十万守把去讫。不表。

且说纣王自得喜媚，朝朝云雨，夜夜酣歌，哪里把社稷为重？那日，二妖正在台上用早膳，忽见妲己大叫一声，跌倒在地；把纣王惊骇汗出，吓的面如土色。见妲己口中喷出血水来，闭目不言，面皮俱紫。纣王曰：『御妻自随朕数年，未有此疾。今日如何得这等凶症？』喜媚故意点头叹曰：『姐姐旧疾发了！』帝问：『媚美人为何知御妻有此旧疾？』喜媚奏曰：『昔在冀州时，彼此俱是闺女。姐姐常有心痛之疾，一发即死。冀州有一医士，姓张，名元；他用药最妙，有玲珑心一片煎汤吃下，此疾即愈。』纣王曰：『传旨宣冀州医士张元。』喜媚奏曰：『陛下之言差矣！朝歌到冀州有多少路！一去一来，至少月余。耽误日期，焉能救得？除非朝歌之地，若有玲珑心，取他一片，登时可

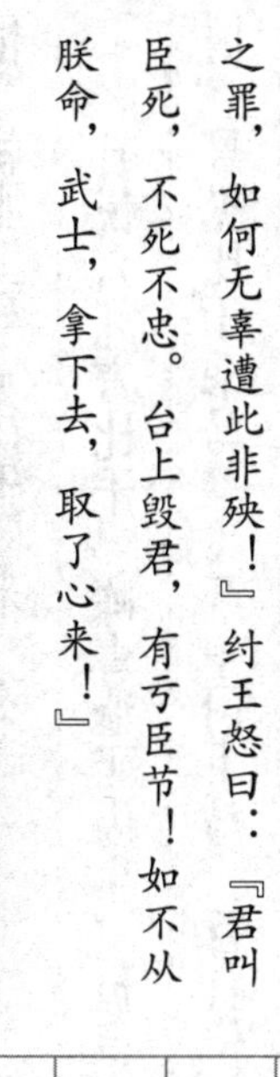

比干厉声大叫曰：『昏君！你是酒色昏迷，糊涂狗彘！心去一片，吾即死矣！比干不犯剜心之罪，如何无辜遭此非殃！』纣王怒曰：『君叫臣死，不死不忠。台上毁君，有亏臣节！如不从朕命，武士，拿下去，取了心来！』

救；如无，须臾即死。』纣王曰：『玲珑心谁人知道？』喜媚曰：『妾身曾拜师，善能推算。』纣王大喜，命喜媚速算。这妖精故意掐指，算来算去，奏曰：『朝中止有一大臣，官居显爵，位极人臣；只怕此人舍不得，不肯救拔娘娘。』纣王曰：『是谁？快说！』喜媚曰：『惟亚相比干乃是玲珑七窍之心。』纣王曰：『比干乃是皇叔，一宗嫡派，难道不肯借一片玲珑心为御妻起沉疴之疾？速发御札，宣比干！』差官飞往相府。

比干闲居无事，正为国家颠倒，朝政失宜，心中筹画。忽堂候官敲云板，传御札，立宣见驾。比干接札，礼毕，曰：『天使先回，午门会齐。』比干自思：『朝中无事，御札为何甚速？』话未了，又报：『御札又至！』比干又接过。不一时，连到五次御札。比干疑惑：『有甚紧急，连发五札！』正沉思间，又报：『御札又至！』持札者乃奉御官陈青。比干接毕，问青曰：『何事要紧，用札六次？』青曰：『丞相在上：方今国势渐衰，鹿台又新纳道姑，名曰胡喜媚。今日早膳，娘娘偶

然心疼疾发，看看气绝。胡喜媚陈说，要得玲珑心一片，煎羹汤，吃下即愈。皇上言：「玲珑心如何晓得？」胡喜媚会算，算丞相是玲珑心。因此发札六道，要借老千岁的心一片，急救娘娘，故此紧急。』比干听说，惊得心胆俱落，自思：『事已如此……』乃曰：『陈青，你在午门等候，我即至也。』比干进内，见夫人孟氏曰：『夫人，你好生看顾孩儿微子德！我死之后，你母子好生守我家训，不可造次。朝中并无一人矣！』言罢泪如雨下。夫人大惊，问曰：『大王何故出此不吉之言？』比干曰：『昏君听信妲己有疾，欲取吾心作羹汤，岂有生还之理！』夫人垂泪曰：『官居相位，又无欺诳，上不犯法于天子，下不贪酷于军民，大王忠诚节孝，素表著于人耳目，有何罪恶，岂至犯取心惨刑。』有子在旁泣曰：『父王勿忧。方才孩儿想起，昔日姜子牙与父王看气色，曾说不利，留一简帖，见在书房，说：「至危急两难之际，进退无路，方可看简，亦可解救。」』比干方悟曰：『呀！几乎一时忘了！』忙开书房门，见砚台下压着一帖，取出观之，上书明白。比干曰：『速取火来！』取水一碗，将子牙符烧在水里，比干饮于腹中。忙穿朝服上马，往午门来。不表。

且说六札宣比干，陈青泄了内事，惊得一城军民官宰，尽知取比干心作羹汤。话说武成王黄元帅同诸大臣俱在午门，只见比干乘马，飞至午门下马。百官忙问其故。比干曰：『据陈青说……取心一节，吾总不知。』百官随比干至大殿。比干径往鹿台下候旨。纣王立候，听得比干至，命：『宣上台来。』比干行礼毕。王曰：『御妻偶发沉疴心痛之疾，惟玲珑心可愈。皇叔有玲珑心，乞借一片作汤，治疾若愈，此功莫大焉。』比干曰：『心是何物？』纣王曰：

『乃皇叔腹内之心。』比干怒奏曰：『心者一身之主，隐于肺内，坐六叶两耳之中，百恶无侵，一侵即死。心正，手足正；心不正，则手足不正。心乃万物之灵苗，四象变化之根本。吾心有伤，岂有生路！老臣虽死不惜，只是社稷丘墟，贤能尽绝。今昏君听新纳妖妇之言，赐吾摘心之祸；只怕比干在，江山在；比干亡，社稷亡！』纣王曰：『皇叔之言差矣！总只借心一片，无伤于事，何必多言？』比干厉声大叫曰：『昏君！你是酒色昏迷，糊涂狗彘！心去一片，吾即死矣！比干不犯剜心之罪，如何无辜遭此非殃！』纣王怒曰：『君叫臣死，不死不忠。台上毁君，有亏臣节！如不从朕命，武士，拿下去，取了心来！』比干大骂：『妲己贱人！我死冥下，见先帝无愧矣！』喝：『左右，取剑来与我！』奉御将剑递与比干。比干接剑在手，望太庙大拜八拜，泣曰：『成汤先王，岂知殷受断送成汤二十八世天下！非臣之不忠耳！』遂解带现躯，将剑往脐中刺入，将腹剖开，其血不流。比干将手入腹内，摘心而出，望下一掷，掩袍不语，面似淡金，径下台去了。且说诸大臣在殿前打听比干之事。众臣纷纷，议论朝廷失政，只听的殿后有脚迹之声。黄元帅望后一观，见比干出来，心中大喜。飞虎曰：『老殿下，事体如何？』比干不语。百官迎上前来。比干低首速行，面如金纸，径过九龙桥去，出午门。常随见比干出朝，将马伺候。比干上马，往北门去了。不知凶吉如何，且听下回分解。

第二十七回　太师回兵陈十策

诗曰：

天运循环有替隆，任他胜算总无功。
方才少进和平策，又道提兵欲破戎。
数定岂容人力转，期逢自与鬼神同。
从来逆孽终归尽，纵有回天手亦穷。

话说黄元帅见比干如此不言，径出午门，命黄明、周纪：『随看老殿下往何处去。』二将领命去讫。且说比干马走如飞，只闻的风响之声。约走五七里之遥，只听的路旁有一妇人手提篮篮，叫卖无心菜。比干忽听得，勒马问曰：『怎么是无心菜？』妇人曰：『民妇卖的是无心菜。』比干曰：『人若是无心，如何？』妇人曰：『人若无心，即死。』比干大叫一声，撞下马来，一腔热血溅尘埃。有诗为证：

御札飞来实可伤，妲己设计害忠良。
比干倚仗昆仑术，卜兆焉知在路旁。

话说卖菜妇人见比干落马，不知何故，慌的躲了。黄明、周纪二骑马，赶出北门，看见比干死于马下，一地鲜血，溅染衣袍，仰面朝天，瞑目无语。二将不知所以然——当时子牙留下简帖，上书符印，将符烧灰入水，服于腹

中，护其五脏，故能乘马出北门耳。见卖无心菜的，比干问其因由，妇人言『人无心即死』，若是回道『人无心还活』，比干亦可不死。比干取心，下台，上马，血不出者，乃子牙符水玄妙之功。话说黄明、周纪飞马赶出北门，见如此行径，回至九间殿来，回黄元帅说见比干如此而死，说了一遍。微子等百官无不伤情。内有一下大夫厉声大叫：『昏君无事擅杀叔父，纪纲绝灭！吾自见驾！』此官乃是夏招，自往鹿台，不听宣召，径上台来。纣王将比干心立等做羹汤，又被夏招上台见驾。纣王出见夏招，见招竖目扬眉，圆睁两眼，面君不拜。纣王曰：『夏招，无旨有何事见朕？』招曰：『特来弑君！』纣王笑曰：『自古以来，哪有臣弑君之理！』招曰：『昏君！你也知道无弑君之理！世上哪有无故侄杀叔父之情！比干乃昏君之嫡叔，帝乙之弟，今听妖妇妲己之谋，取比干心作羹，诚为弑叔父！臣弑昏君，以尽成汤之法！』招把鹿台上挂的飞云剑掣在手，望纣王劈面杀来。纣王乃文武全才，岂惧此一个儒生，将身一闪让过，夏招扑个空。纣王大怒，命：『武士拿下！』武士领旨，方来擒拿。夏招大叫曰：『不必来！昏君杀叔父，招宜弑君，此事之当然。』众人向前。夏招一跳，撞下鹿台。可怜粉骨碎身，死于非命！有诗赞曰：

夏招怒发气当嗔，只为君王行不仁。
不惜残躯拚直谏，可怜血肉已成尘！
忠心自合留千古，赤胆应知重万钧。
今日虽投台下死，芳名常共日华新！

众官速至午门等候。闻太师乘墨麒麟往北门而进，忽见纸幡飘荡，便问左右：『是何人灵柩？』

不说夏招死于鹿台之下，且说各文武听得夏招尽节鹿台之下，又去北门外收比干之尸。世子微子德披麻执杖，拜谢百官。内有武成王黄飞虎、微子、箕子，伤悼不已；将比干用棺椁停在北门外，搭起芦棚，扬纸幡安定魂魄。

忽听探马报：『闻太师奏凯回朝。』百官齐上马，迎接十里。至辕门，军政司报太师：『百官迎接辕门。』太师传令：『百官暂回，午门相会。』众官速至午门等候。闻太师乘墨麒麟往北门而进，忽见纸幡飘荡，便问左右：『是何人灵柩？』左右答曰：『是亚相比干之柩。』太师惊讶。进城，又见鹿台高耸，光景嵯峨。到了午门，见百官道旁相迎。太师下骑，笑脸答曰：『列位老大人，仲远征北海，离别多年，景物城中尽多变了。』武成王曰：『太师在北，可闻天下离乱，朝政荒芜，诸侯四叛？』太师曰：『年年见报，月月通知，只心悬两地，北海难平。托赖天地之恩，主上威福，方灭北海妖孽。吾恨胁无双翼，飞至都城面君为快。』众官随至九间大殿。太师见龙书案何以生尘，寂静凄

凉，又见殿东边黄澄澄大圆柱子。太师问执殿官：『黄澄澄大柱子，为何放在殿上？』执殿官跪而答曰：『此大柱子，所置新刑，名曰炮烙。』太师又问：『何为炮烙？』只见武成王向前言曰：『太师，此刑乃铜造成的，有三层火门。凡有谏官阻事，尽忠无私，赤心为国的，言天子之过，说天子不仁，正天子不义，便将此物将炭烧红，用铁索将人两手抱住铜柱，左右裹将过去，四肢烙为灰烬，殿前臭不可闻。为造此刑：忠良隐遁，贤者退位，能者去国，忠者死节。』闻太师听得此言，心中大怒，三目交辉，只急得当中那一只神目睁开，白光现尺余远近。命执殿官：『鸣钟鼓请驾！』百官大悦。

话说纣王自取比干心作汤，疗妲己之疾，一时全愈，正在台上温存。当驾官启奏曰：『九间殿鸣钟鼓，乃闻太师还朝，请驾登殿。』纣王闻得此说，默然不语，随传旨：『排銮舆临轩。』车御、保驾等官，扈拥天子登九间大殿。百官朝驾。闻太师进礼，山呼毕。纣王秉圭谕曰：『太师远征北海，登涉艰苦，鞍马劳心，运筹无暇，欣然奏捷，其功不小。』太师拜伏于地曰：『仰仗天威，感陛下洪福，灭怪除妖，斩逆剿贼。征伐十五年，臣捐躯报国，不敢有负先王。臣在外闻得内庭浊乱，各路诸侯反叛，使臣心悬两地，恨不得插翅面君。今睹天颜，其情可实？』纣王曰：『姜桓楚谋逆弑朕，鄂崇禹纵恶为叛，俱已伏诛；但其子肆虐，不尊国法，乱离各地，使关隘扰攘，甚是不法，良可痛恨！』太师奏曰：『姜桓楚篡位，鄂崇禹纵恶，谁可以为证？』纣王无辞以对。太师近前复奏曰：『臣征在外，苦战多年；陛下仁政不修，荒淫酒色，诛谏杀忠，致使诸侯反乱。臣且启陛下：殿东放着黄澄澄的是甚东西？』纣王

曰：『谏臣恶口忤君，沽忠买直。故设此刑，名曰炮烙。』太师又启：『臣进都城，见高耸青霄是甚所在？』纣王曰：『朕至暑天，苦无憩地，造此行乐，亦观高望远，不致耳目蔽塞耳，名曰鹿台。』太师听罢，心中甚是不平，乃大言曰：『今四海荒荒，诸侯齐叛，皆陛下有负于诸侯，故有离叛之患。今陛下仁政不施，恩泽不降，忠谏不纳，近奸色而远贤良，恋歌饮而不分昼夜，广施土木，民连累而反，军绝粮而散。文武军民，乃君王四肢。四肢顺，其身康健；四肢不顺，其身缺残。君以礼待臣，臣以忠事君。想先王在日，四夷拱手，八方宾服，享太平乐业之丰，受巩固皇基之福。今陛下登临大宝，残虐万姓，诸侯离叛，民乱军怨。北海刀兵，使臣一片苦心，殄灭妖党。今陛下不修德政，一意荒淫，数年以来，不知朝纲大变，国体全无，使臣日劳边疆，正如辛勤立燕巢于朽幕耳。惟陛下思之！臣今回朝，自有治国之策，容臣再陈。陛下暂请回宫。』纣王无言可对，只得进宫阙去了。

且说闻太师立于殿上曰：『众位先生，大夫，不必回府第，俱同老夫到府内共议。吾自有处。』百官跟随，同至太师府，到银安殿上，各依次坐下。太师就问：『列位大夫，诸先生，老夫在外多年，远征北地，不得在朝，但我闻仲感先王托孤之重，不敢有负遗言。但当今颠倒宪章，有不道之事。各以公论，不可架捏。我自有平定之说。』内有一大夫孙容，欠身言曰：『太师在上：朝廷听谗远贤，沉湎酒色，杀忠阻谏，殄灭彝伦，怠荒国政，事迹多端。恐众官齐言，有紊太师清听。不若众位静坐，只是武成王黄老大人从头至尾讲与老太师听。一来老太师便于听闻；百官不致搀越。不识太师意下如何？』闻太师听罢，『孙大夫之言甚善。黄老大人，老夫洗耳，愿闻其详。』黄飞虎欠身曰：『既从尊命，末将不得不细细实陈：天子自从纳了苏护之女，朝中日渐荒乱。将元配姜娘娘剜目烙手，杀子绝伦。诓诸侯入朝歌，戮醢大臣，妄斩司天监太史杜元铣。听妲己之狐媚，造炮烙之刑，坏上大夫梅伯。囚姬昌于羑里七年。摘星楼内设虿盆，宫娥惨死。造酒池、肉林，内侍遭殃。造鹿台广兴土木之工，致上大夫赵启坠楼而死。肆用崇侯虎监工，贿赂通行，三丁抽二，独丁赴役，有钱者买闲在家，累死百姓，填于台下。上大夫杨任谏阻鹿台之工，将杨任剜去二目，至今尸骸无踪。前者鹿台上有四、五十狐狸化作仙人赴宴，被比干看破，妲己怀恨。今不明不白，内庭私纳一女，不知来历。昨日听信妲己，诈言心疼，要玲珑心作汤疗疾，勒逼比干剖心，死于非命；灵柩见停北门。国家将兴，祯祥自现；国家将亡，妖孽频出。谗佞信如胶漆，忠良视如寇仇，惨虐异常，荒淫无忌。即不才等屡具谏章，视如故纸，甚至上下阻隔。正无可奈何之时，适太师奏凯还国，社稷幸甚！万民幸甚！』黄飞虎这一遍言语，从头至尾，细细说完，就把闻太师急得厉声大叫曰：『有这等反常之事！只因北海刀兵，致天子紊乱纲常。我负先王，有误国事。实老夫之罪也！众大夫、先生请回。我三日后上殿，自有条陈。』太师送众官出府，唤徐急雨，令封了府门，一应公文不许投递。至第四日面君，方许开门应接事体。徐急雨得令，即闭府门。有诗为证，诗曰：

太师兵回奏凯还，岂知国内事多奸。
君王失政乾坤乱，海宇分崩国政艰。
十道条陈安社稷，九重金阙削奸顽。

山河旺气该如此，总用心机只等闲。

话说闻太师三日内造成条陈十道。第四日入朝面君。文武官员已知闻太师有本上殿。那日早朝，聚两班文武，百官朝毕。纣王曰：『有奏章出班，无事朝散。』左班中闻太师进礼称臣曰：『臣有疏。』将本铺展御案。纣王览表：

具疏太师臣闻仲上言。奏为国政大变，有伤风化，宠淫近佞，逆治惨刑，大干天变，隐忧莫测事：臣闻尧受命以天下为己忧，而未常以位为乐也。故诛逐乱臣，务求贤圣，是以得舜、禹、稷、契及咎繇，众圣辅德，贤能佐职，教化大行，天下和洽，万民皆安仁乐义，各得其宜，动作应礼，从容中道，乃「王者必世而后仁」之谓也。尧在位七十载，乃逊位以禅虞舜。尧崩，天下不归尧子丹朱而归舜。舜知不可避，乃即天子之位，以禹为相，因尧之辅佐，继其统业，是以垂拱无为而天下治。所作韶乐，尽美尽善。今陛下继承大位，当行仁义，普施恩泽，惜爱军民，礼文敬武，顺天和地，则社稷奠安，生民乐业。岂意陛下近淫酒，亲奸佞，亡恩爱，将皇后炮手剜睛，杀子嗣，自剪其后。此皆无道之君所行，自取灭亡之祸。臣愿陛下痛改前非，行仁兴义，远小人，近君子，庶几社稷奠安，万民钦服，天心效顺，国祚灵长，风和雨顺，天下享承平之福矣。臣带罪冒犯天颜，条陈开列于后：

第一件：拆鹿台，安民心不乱；

第二件：废炮烙，使谏官尽忠；

第三件：填虿盆，宫患自安；

闻太师立于龙书案旁，磨墨润毫，将笔递与纣王：『请陛下批准施行。』

第四件：去酒池、肉林，掩诸侯谤议；

第五件：贬妲己，别立正宫，使内庭无蛊惑之虞；

第六件：勘佞臣，速斩费仲、尤浑而快人心，使不肖者自远；

第七件：开仓廪，赈民饥馑；

第八件：遣使命，招安于东南；

第九件：访遗贤于山泽，释天下疑似者之心；

第十件：纳忠谏，大开言路，使天下无壅塞之蔽。

闻太师立于龙书案旁，磨墨润毫，将笔递与纣王：『请陛下批准施行。』纣王看十款之中，头一件便是拆鹿台。纣王曰：『鹿台之工，费无限钱粮，成工不毁。今一旦拆去，实是可惜。此等再议。二件「炮烙」，准行。三件，「虿盆」，准行。五件，「贬苏后」，今妲己德性幽闲，并无失德，如何便加谪贬？也再议。六件，中大夫费、尤二人，素有功而无罪，何为谗佞，岂得便加诛戮！除此三件，以下准行。』太师奏曰：『鹿台功大，劳民伤财，万民深怨，拆之所以消天下百姓之隐

恨。皇后谏陛下造此惨刑，神怒鬼怨，屈魂无申，乞速贬苏后，则神喜鬼舒，屈魂瞑目，所以消在天之幽怨。勘斩费仲、尤浑，则朝纲清净，国内无谗，圣心无惑乱之虞，则朝政不期清而自清矣。愿陛下速赐施行，幸无迟疑不决，以误国事，则臣不胜幸甚！』纣王没奈何，立语曰：『太师所奏，朕准七件；此三件候议妥再行。』闻太师曰：『陛下莫谓三事小节而不足为，此三事关系治乱之源，陛下不可不察，毋得草草放过。』君臣立辨，只见中大夫费仲还不识时务，出班上殿见驾。闻太师认不得费仲，问曰：『这员官是谁？』仲曰：『卑职费仲是也。』太师道：『先生就是费仲。先生上殿有甚么话讲？』仲曰：『太师虽位极人臣，不按国体：持笔逼君批行奏疏，非礼也；本参皇后，非臣也；令杀无辜之臣，非法也。太师灭君恃己，以下凌上，肆行殿庭，大失人臣之礼，可谓大不敬！』太师听说，当中神目睁开，长髯直竖，大声曰：『费仲巧言惑主，气杀我也！』将手一拳，把费仲打下丹墀，面门青肿。只见尤浑怒上心来，上殿言曰：『太师当殿毁打大臣，非打费仲，即打陛下矣！』太师曰：『汝是何官？』尤浑曰：『吾乃是尤浑。』太师笑曰：『原来是你！两个贼臣表里弄权，互相回护！』趋向前，只一掌打去，把那奸臣翻筋斗跌下丹墀有丈余远近。唤左右：『将费、尤二人拿出午门斩了！』当朝武士最恼此二人，听得太师发怒，将二人推出午门。闻太师怒冲牛斗。纣王默默无言，口里不言，心中暗道：『费、尤二人不知起倒，自讨其辱。』闻太师复奏请纣王发刑旨。纣王怎肯杀费、尤二人。纣王曰：『太师奏疏，俱说得是。此三件事，朕俱总行；待朕再商议而行。费、尤二臣，虽是冒犯参卿，其罪无证，且发下法司勘问，情真罪当，彼亦无怨。』闻太师见纣王再三委曲，反有兢业颜色，

自思：『吾虽为国直谏尽忠，使君惧臣，吾先得欺君之罪矣。』太师跪而奏曰：『臣但愿四方绥服，百姓奠安，诸侯宾服，臣之愿足矣，敢有他望哉！』纣王传旨：『将费、尤发下法司勘问。七道条陈限即举行；三条再议妥施行。』纣王回宫。百官各散。

天下兴，好事行；天下亡，祸胎降。太师方上条陈，事已好将来了，不防东海反了平灵王。飞报进朝歌来，先至武成王府。黄元帅见报，叹曰：『兵戈四起，八方不宁，如今又反了平灵王，何时定息！』黄元帅把报差官送到闻太师府里去。太师在府正坐。堂候官报：『黄元帅差官见老爷。』太师命：『令来。』差官将报呈上。太师看罢，打发来人，随即往黄元帅府里来。黄元帅迎接到殿上行礼，分宾主坐下。闻太师道：『元帅，今反了东海平灵主，老夫来与将军共议：还是老夫去，还是元帅去？』黄元帅答曰：『末将去也可，老太师去也可，但凭太师主见。』太师想一想，道曰：『黄将军，你还随朝。老夫领二十万人马前往东海，剿平反叛，归国再商政事。』二人共议停当。

次日早期，闻太师朝贺毕。太师上表出师。纣王览表，惊问曰：『平灵王又反，如之奈何？』闻太师奏曰：『臣之丹心，忧国忧民，不得不去。今留黄飞虎守国；臣往东海，削平反叛。愿陛下早晚以社稷为重，条陈三件，待臣回再议。』纣王闻奏大悦，巴不得闻太师去了，不在面前搅扰，心中甚是清净；忙传谕：『发黄旄、白钺，即与闻太师饯行起兵。』纣王驾出朝歌东门。太师接见。纣王命斟酒赐与太师。闻仲接酒在手，转身递与黄飞虎，太师曰：『此酒黄将军先饮。』飞虎欠身曰：『太师远征，圣上所赐，黄飞虎怎敢先饮』太师曰：『将军接此酒，老夫有一言相

舌，非人臣爱君之心。』太师回身见纣王曰：『臣此去无别事忧心，愿陛下听忠告之言，以社稷为重，毋变乱旧章，有乖君道。臣此一去，多则一载，少则半载，不久便归。』太师用罢酒，一声炮响，起兵径往东海去了。眼前一段蹊跷事，惹得刀兵滚滚来。不知胜负如何，且听下回分解。

第二十八回　子牙兵伐崇侯虎

诗曰：

崇虎贪残气更枭，剥民膏髓自肥饶。
逢君欲作千年调，买窟惟知百计要。
奉命督工人力尽，乘机起衅帝图消。
子牙有道征无道，国败人亡事事凋。

话说纣王同文武欣然回至大殿，众官侍立。天子传旨：『释放费仲、尤浑。』彼时有微子出班奏曰：『费、尤二人，乃太师所参，系狱听勘者。今太师出兵未远，即时释赦，似亦不可。』纣王曰：『费、仲二人原无罪，系太师条陈屈陷，朕岂不明？皇伯不必以成议而陷忠良也。』微子不言下殿。不一时，赦出二人，官还原职，随朝保驾。纣王心甚欢悦。又见闻太师远征，放心恣乐，一无忌惮。时当三春天气，景物韶华，御园牡丹盛开。传旨：『同百官往御花园赏牡丹，以继君臣同乐，效虞廷赓歌喜起之盛事。』百官领旨，随驾进园。正是：天上四时春作首，人间最富帝王家。怎见得御花园的好处，但见：

仿佛蓬莱仙境，依希天上仙圃：诸般花木结成攒，叠石琳琅妆就景。桃红李白芬芳，绿柳青萝摇拽。金门外几株君子竹，玉户下两行大夫松。紫巍巍锦堂画栋，碧沉沉彩阁雕檐。蹴球场斜通桂院，秋千架远离花篷。牡丹亭嫔妃来

往，芍药院彩女闲游。金桥流绿水，海棠醉轻风。磨砖砌就萧墙，白石铺成路径。紫街两道，现出二龙戏珠；阑干左右，雕成朝阳丹凤。翡翠亭万道金光，御书阁十层瑞彩。祥云映日，显帝王之荣华；瑞气迎眸，见皇家之极贵。凤尾竹百鸟来朝，龙爪花五云相罩。千红万紫映楼台，走兽飞禽鸣内院。八哥说话，纣王喜笑欲狂；鹦鹉高歌，天子欢容鼓掌。碧池内金鱼跃水，粉墙内鹤鹿同春。芭蕉影动逞风威，逼射香为百花主。珊瑚树高高下下，神仙洞曲曲湾湾，玩月台层层叠叠，惜花径绕绕迢迢。水阁下鸥鸣和畅，凉亭上琴韵清幽。夜合花开，深院奇香不散；木兰花放，满园清味难消。名花万色，丹青难画难描；楼阁重重，妙手能工焉仿。御园中果然异景，皇宫内真是繁华。花间翻蝶翅，禁院隐蜂衔。亭檐飞紫燕，池阁听鸣蛙。春鸟啼百舌，反哺是慈乌。正是：御园如锦绣，何用说仙家。蓝靛染成千块玉，碧纱笼罩万堆霞。

诗曰：

瑞气腾腾锁太华，祥光霭霭照云霞。
龙楼凤阁侵霄汉，玉户金门映翠纱。
四时不绝稀奇景，八节常开罕见花。
几番雨过春风至，香满城中百万家。

说话百官随驾进御园牡丹亭，摆开九龙设席筵宴，文武依次坐下，论尊卑行礼。纣王在御书阁陪苏妲己、胡喜媚

共饮。且说武成王对微子、箕子曰：『「筵无好筵，会无好会」。方今士马纵横，刀兵四起，有甚心情宴宴赏牡丹。但不知天子能改过从善，或边亭烽息，殄逆除凶，尚可望共乐唐虞，享太平之福；若是迷而不返，恐此日无多，忧日转长也。』微子、箕子闻言，点首嗟叹。众官饮至日当正午，百官往御书阁来谢酒。当驾官启奏：『百官谢恩。』纣王曰：『春光景媚，花柳芳妍，正宜乐饮，何故谢恩？传旨，待朕陪宴。』百官听见天子下楼亲陪，不敢告退，只得恭候。但见纣王亲至，牡丹亭上首添一席，同众臣共饮欢笑，乐声齐奏，君臣换盏轮杯，不觉天晚，帝命掌上画烛。笙歌嘹亮，真是欢乐倍常。将近二鼓时分，不说君臣会酒。且言御书阁妲己、胡喜媚带酒酣睡龙榻之上。近三更时候，妲己元形现出来寻人吃。一阵怪风大作。怎见得：

摧花倒树异寻常，灭烛无情尽绝光。
穿户透帘侵病骨，妖氛怪气此中藏。

风过了一阵，播土扬尘，把牡丹亭都晃动。众官正惊疑间，只听得侍酒官齐叫：『妖精来了！』黄飞虎酒已半酣，听说有妖精，慌忙起身出席，果见一物在寒露之中而来。但见：

眼似金灯体态殊，尾长爪利短身躯。
扑来恍似登山虎，转面浑如捕物貙。
妖孽惯侵人气魄，怪魔常噬血头颅。

凝眸仔细观形象，却是中山一老狐！

话说黄飞虎带酒出席，见此妖精扑来，手中无一物可挡，把手挽住牡丹亭栏杆，攀折了一根，望那狐狸一下打去。那妖精闪过，又扑将来。黄飞虎叫左右：『快取北海进来的金眼神莺！』左右忙忙的将红笼开了放出。那神莺飞起，二目如灯，专降狐狸。此莺往下一罩，爪似钢钩，把狐狸抓了一下。那狐狸叫了一声，径往太湖石下攒去了。纣王眼见此事，即唤左右取锹锄望下挖。左右挖下二三尺，见无限的人骨骷髅成堆。纣王着实骇然。纣王因想：『谏官本上，常言「妖氛贯于宫中，灾星变于天下」，此事果然是实。』心下甚是不悦。百官起身，谢恩出朝，各归府第。不题。

且说妲己酒后，元形出现，不意被神莺抓了面门，伤破皮肤；惊醒回来，悔之无及。纣王至御书阁同妲己共寝。睡至天明，纣王忽见妲己面上带伤，急问曰：『御妻脸上为何有伤？』妲己在枕边回曰：『夜来陛下陪百官饮宴，妾往园中稍游，从海棠花下过，忽被海棠枝干吊将下来，把妾身抓了面上，故此带伤。』纣王曰：『今后不可往御园游乐。原来此地真有妖氛。朕与百官饮至三更，果见一狐狸前来扑人。时有武成王黄飞虎攀折栏杆去打他，尚然不退；后放出外国进来金眼神莺。那莺惯降狐狸，一爪抓去，那妖带伤走了。莺爪尚有血毛。』纣王对妲己说，但不知同着狐狸共寝。且说妲己暗恨黄飞虎：『我不曾惹你，你今来害我，则怕你路逢窄道难回避！』有诗为证，诗曰：

纣王欣然赏牡丹，君臣欢饮鼓三攒。

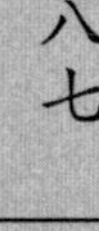

文王闻子牙之言，劝纣王为尧、舜，其心甚悦，便曰：『丞相行师，谁为主将去伐崇侯虎？』子牙曰：『臣愿与大王代劳，以效犬马。』

狐狸影现人多怕，怪兽威施气更欢。
金眼神莺真可羡，绥尾邪魔已带残。
私仇断送贞洁妇，才得忠良逐钓竿。

话说妲己深恨黄飞虎放莺害他，只等他路逢狭道。武成王哪里知道？

话分两处。且言西岐姜子牙在朝，一日闻边报，言纣王荒淫酒色，宠任奸佞，又反了东海平灵王，闻太师前去征剿。又见报，崇侯虎蛊惑圣聪，广兴土木，陷害大臣，荼毒万姓，潜通费、尤，内外交结，把持朝政，朋比为奸，肆行不道，钳制谏官。子牙看到切情之处，怒发冲冠：『此贼若不先除，恐为后患！』子牙次日早朝。文王问曰：『丞相昨阅边报，朝歌可有甚么异事？』子牙出班启曰：『臣昨见边报。纣王剜比干之心，作羹汤疗妲己之疾；崇侯虎紊乱朝政，横恣大臣，簧惑天子，无所不为，害万民而不敢言，行杀戮而不敢怨，恶孽多端，使朝歌生民日不聊生，贪酷无厌。臣愚不敢请，似这等大恶，假虎张威，毒痛

四海，助桀为虐，使居天子左右，将来不知如何结局。今百姓如在水火之中，大王以仁义广施，若依臣愚意，先伐此乱臣贼子，剪其乱政者，则天子左右见无谗佞之人，庶几天子有悔过迁善之机，则主公亦不枉天子假以节钺之意。』文王曰：『卿言虽是，奈孤与崇侯虎一样爵位，岂有擅自征伐之理？』子牙曰：『天下利病，许诸人直言无隐。况主公受天子白旄黄钺，得专征伐，原为禁暴除奸；似这等权奸蛊国，内外成党，残虐生民，以白作黑，屠戮忠贤，为国家大恶。大王今发仁慈之心，救民于水火。倘天子改恶从善，而效法尧、舜之主，大王此功，万年不朽矣。』文王闻子牙之言，劝纣王为尧、舜，其心甚悦，便曰：『丞相行师，谁为主将去伐崇侯虎？』子牙曰：『臣愿与大王代劳，以效犬马。』文王恐子牙杀伐太重，自思：『我去还有酌量。』文王曰：『孤同丞相一往。恐有别端，可以共议。』子牙曰：『大王大驾亲征，天下响应。』文王发出白旄、黄钺，起人马十万，择吉日祭宝纛幡，以南宫适为先行，辛甲为副将，随行有四贤、八俊。文王与子牙放炮起兵。一路上父老相迎，鸡犬不惊。民闻伐崇，人人大悦，个个欢忻。好人马！怎见得：

幡分五色，杀气迷空。明晃晃剑戟枪刀，光灿灿叉锤斧棒。三军跳跃，犹如猛虎下高山；战马长嘶，一似蛟龙离海岛。巡营小校似欢狼，了哨儿郎雄赳赳。先行引道，逢山开路踏桥梁；元帅中军，杀斩存留施号令。团团牌手护军粮，硬弩狂弓射阵脚。此一去：除奸削党安天下，才离磻溪第一功。

话说子牙人马过府、州、县、镇，人人乐业，鸡犬不惊，一路上多少父老迎迓。一日，探马来报中军：『兵至崇

城。』子牙传令安营，竖了旗门，结成大寨。子牙升帐，众将参谒。不题。

且说探马报进崇城。此时崇侯不在崇城，正在朝歌随朝。城内是侯虎之子崇应彪，闻报大怒，忙升殿点聚将鼓。众将上银安殿，参谒已毕。应彪曰：『姬昌暴横，不守本分，前岁逃关，圣上几番欲点兵征伐，彼不思悔过，反兴此无名之师，深属可恨！况且我与你各守疆土，秋毫无犯，今自来送死，我岂肯轻恕！』传令：『点人马出城。』随令大将黄元济、陈继贞、梅德、金成：『这一番定擒反叛，解上朝歌，以尽大法。』

却说子牙次日升帐，先令南宫适崇城见首阵。南宫适得令，领本部人马出营，排成阵势，出马厉声叫曰：『逆贼崇侯虎早至军前受死！』言未毕，听城中炮响，门开处，只见一支人马杀将出来。为头一将乃飞虎大将黄元济是也。南宫适曰：『黄元济，你不必来，唤出崇侯虎来领罪，杀了逆贼，泄神人之忿，万事俱休。』元济大怒，骤马摇刀，飞来直取。南宫适举刀相迎。两马盘旋，双刀并举，一场大战。怎见得：

二将坐鞍鞒，征云透九霄：这一个急取壶中箭；那一个忙拔紫金标。这将刀欲诛军将；那将刀直取英豪。这一个平生胆壮安天下；那一个气概轩昂压俊髦。

话说南宫适大战黄元济，未及三十回合，元济非南宫适敌手，力不能支。南宫适是西岐名将，元济怎能胜得他。元济欲要败走，又被南宫适一口刀裹住了，跳不出圈子去，早被南将军一刀挥于马下。军兵枭了首级，掌得胜鼓回营；进辕门来见子牙，将斩的黄元济首级报功。子牙大喜。且说崇城败残军马回报崇应彪，说：『黄元济已被南宫

且说崇城败残军马回报崇应彪，说：『黄元济已被南宫适斩于马下，将首级在辕门号令。』应彪听罢，拍案大呼曰：『好姬昌逆贼！今为反臣，又杀朝廷命官，你罪如太山，若不斩此贼与黄元济报仇，誓不回军！』

适斩于马下，将首级在辕门号令。』应彪听罢，拍案大呼曰：『好姬昌逆贼！今为反臣，又杀朝廷命官，你罪如太山，若不斩此贼与黄元济报仇，誓不回军！』传令：『明日将大队人马出城，与姬昌决一雌雄！』一宿已过，次早旭日东升，大炮三声，开城门，大势人马杀奔周营，坐名只要姬昌、姜尚至辕门答话。探马报入中军曰：『崇应彪口出不逊之言，请丞相军令定夺。』子牙请文王亲自临阵，会兵于崇城。文王乘骑，四贤保驾，八俊随军。周营内炮响，麾动旗幡。崇应彪见对阵旗门开处，忽见一人，道扮乘马而来；两边排列众将，一对对雁翅分开。崇应彪定眼观看，但见有《西江月》为证：

鱼尾金冠鹤氅，丝绦双结乾坤，雌雄宝剑手中擎，八卦仙衣可衬。
元始玉虚门下，包含地理天文，银须白发气精神，却似神仙临阵。

子牙马至阵前言曰：『崇城守将事来见我。』只听得那阵上一骑飞来。怎见得崇应彪妆束：

盘头冠，飞凤结；大红袍，猩猩血。黄金铠甲套连环，护心宝镜悬

明月。腰束羊脂白玉厢，九吞八扎真奇绝。金妆锏挂马鞍旁，虎尾钢鞭悬竹节。袋内弓湾三尺五，囊中箭插宾州铁。坐下走阵冲营马，丈八蛇矛神鬼怯。父在当朝一宠臣，子镇崇城真英杰。

崇应彪一马当前，见子牙问曰：『汝乃何等人物，敢犯吾疆界？』子牙曰：『吾乃文王驾下首相姜子牙是也。汝父子造恶如渊海，积毒似山岳，贪民财物如饿虎，伤人酷惨似豺狼，惑天子无忠耿之心，坏忠良有摧残之意。普天之下，虽三尺之童，恨不能生啖你父子之肉！今日文王起仁义之师，除残暴于崇地，绝恶党以畅人神，不负天子加以节钺，得专征伐之意。』应彪闻得此言，大喝姜尚曰：『你不过磻溪一无用老朽，敢出大言！』顾左右曰：『谁为吾擒此逆贼？』言还未了，只见一将出马对阵，文王马上大呼曰：『崇应彪少得行凶，孤来也！』应彪又见文王马至，气冲满怀，手指文王大骂：『姬昌！你不思得罪朝廷，立仁行义，反来侵吾疆界！』文王曰：『你父子罪恶贯盈，不必我言；只是你早早下马，解送西岐，立坛告天，除汝父子凶恶，不必连累崇城良民。』应彪大喝：『谁为我擒此反贼？』一将应声而出，乃陈继贞。这壁厢辛甲纵马摇斧，大叫：『陈继贞慢来！休得冲吾阵脚！』两马相交，枪斧并举，战在一处。二将拨马抡兵，杀有二十回合。应彪见陈继贞战辛甲不下，随命金成、梅德助阵。子牙见对阵有助，子牙令毛公遂、周公旦、召公奭、吕公望、辛免、南宫适六将齐出，冲杀一阵。应彪见大势人马催动，自拨马杀进重围，只杀的惨惨征云，纷纷愁雾，喊声不绝，鼓角齐鸣。混战多时，早有吕公望一枪刺梅德于马下；辛免斧劈金成。崇兵大败进城。子牙传令鸣金。众将掌得胜鼓回营。不表。话说应彪兵败将亡，进城将四门紧闭，在殿上与众将商议

退兵之策。众将见西岐士马英雄，势不可当，并无一筹可展，半策可施。且说子牙得胜回营，欲传令攻城。文王曰：『崇家父子作恶，与众百姓无干；今丞相欲要攻城，恐城破玉石俱焚，可怜无辜遭枉。况孤此来，不过救民，岂有反加之以不仁哉。切为不可！』子牙见文王以仁义为重，不敢抗违，自思：『主公德同尧、舜，一时如何取得崇城！只得暗修一书，使南宫适往曹州见崇黑虎，庶几崇城可得。』令南宫适接书，径往曹州来。子牙按兵不动，只等回书。不知崇侯虎性命如何，且听下回分解。

第二十九回　斩侯虎文王托孤

诗曰：

崇虎无谋枉自尤，欺君盗国岂常留。

辕门斩首空嗟叹，孥子悬头莫怨愁。

周室龙兴应在武，纣家虎败却从彪。

敦知不负文王托，八百年来戊午收。

话说南宫适离了周营，径望曹州。一路上晓行夜住，也非一日。来到曹州馆驿安歇。次日至黑虎府里下书。黑虎正坐，家将禀：『千岁，有西岐差南宫适来下书。』黑虎听得是西岐差官，即降阶迎接，笑容满面，让至殿内，行礼，分宾主坐下。崇黑虎欠身言曰：『将军今到敝驿，有何见谕？』南宫适曰：『吾主公文王，丞相姜子牙，拜上大王，特遣末将有书上达。』南宫适取书递与黑虎，黑虎拆书观看：

岐周丞相姜尚顿首百叩，致书于大君侯崇将军旄下：盖闻人臣事君，务引其君于当道，必谏行言听，膏泽下于民，使百姓乐业，天下安阜；未有身为大臣逢君之恶，蛊惑天子，残虐万民，假天子之命令，敲骨剥髓，尽民之力肥润私家，陷君不义，忍心丧节，如令兄者。真可谓积恶如山，穷凶若虎，人神共怒，天下恨不食其肉而寝其皮，为诸侯之所弃。今尚主公得专征伐，奉诏以讨不道。但思君侯素称仁贤，岂得概以一族而加之以不义哉。尚不忍坐视，特

遣裨将呈书上达。君侯能擒叛逆，解送周营，以谢天下，庶几洗一身之清白，见贤愚之有分。不然，天下之口哓哓，恐昆仑之焰，玉石无分，尚深为君侯惜矣！君侯倘不以愚言为非，乞速赐一语，则尚幸甚，万民幸甚！临楮不胜跂望之至！尚再拜。

崇黑虎看了书，复连看三五遍，自思点头：『我观子牙之言，甚是有理。我宁可得罪于祖宗，怎肯得罪于天下，为万世人民切齿。纵有孝子、慈孙，不能盖其愆尤。宁至冥下请罪于父母，尚可留崇氏一脉，不致绝灭宗枝也。』南宫适见黑虎自言自语，暗暗点头，又不敢问。只见黑虎曰：『南将军，我末将谨领丞相教诲，不必修回书，将军先回，多多拜上大王、丞相，总无他说，只是把家兄解送辕门请罪便了。』遂设席待南宫适，尽饮而散。次日，南宫适作辞去了。

话说崇黑虎吩咐副将高定、沈冈，点三千飞虎兵，即日往崇城来。又命子崇应鸾守曹州。黑虎行兵在路无词。一日行至崇城，有探马报与崇应彪。应彪领众将出城，迎接黑虎。应彪马上欠背打躬，口称『王叔』曰：『侄男甲胄在身，不能全礼。』黑虎曰：『贤侄，吾闻姬昌伐崇，特来相助。』崇应彪感谢不尽，遂并马进城，入府上殿。行礼毕，崇黑虎问其来伐原故，应彪答曰：『不知何故，攻打崇城。前日与西伯会兵，小侄失军损将。今得王叔相辅，乃崇门之幸也。』遂设宴款待一宿。次日，黑虎点三千飞虎兵出城，至周营索战。南宫适已回过子牙；子牙正坐，忽报崇黑虎请战。子牙令南宫适出阵。南宫适结束来至阵前，见黑虎怎生妆束：

九云冠，真威武；黄金甲，霞光吐。大红袍上现团龙，勒甲绒绳攒九股。豹花囊内插狼牙，龙角弓湾四尺五。坐下火眼金睛兽，鞍上横拖两柄斧。曹州威镇列诸侯，封神南岳崇黑虎。

黑虎面如锅底，海下一部落腮红髯，两道黄眉，金睛双暴，来至军前，厉声大叫曰：『无故恃强犯界，任尔猖狂，非王者之师。』南宫适曰：『崇黑虎，不道汝兄恶贯天下，陷害忠良，残虐善类，古云：「乱臣贼子，人人得而诛之。」』道罢，举刀直取。黑虎手中斧急架相还。兽马相交，斧刀并起，战有二十回合。马上黑虎暗对南宫适曰：『末将只见这一阵，只等把吾兄解到行营，再来相见。将军坐下阵去罢。』南宫适曰：『领君侯命。』随掩一刀，拨刀就走，大叫：『崇黑虎，吾不及你了，休来赶我！』黑虎亦不赶，掌鼓回营。话说崇应彪在城上敌楼观战，见南宫适败走，黑虎不赶，忙下城迎着黑虎曰：『叔父今日会兵，为何不放神鹰拿南宫适？』黑虎曰：『贤侄，你年幼不知事体。你不闻姜子牙乃昆仑山上之客，我用此术，他必能识破，不为可惜；且胜了他再来区处。』二人同至府前下马，上殿坐下，共议退兵之策。黑虎道：『你修一表，差官往朝歌见天子；我修书请你父亲来，设计破敌，庶几文王可擒，大事可定。』应彪从命修本，差官并书一齐起行。且说使命官一路无辞，过了黄河，至孟津，往朝歌来。那一日，进城先来见崇侯虎。两边启：『千岁：家将孙荣到了。』崇侯虎命：『令来。』孙荣叩头。侯虎曰：『你来有甚话说？』荣将黑虎书呈上。侯虎拆书：

弟黑虎百拜王兄麾下：盖闻天下诸侯，彼此皆兄弟之国。孰意西伯姬昌不道，听姜尚之谋，无端架捏，言王兄恶

大过深，起猖獗之师，入无名之谤，伐崇城甚急。应彪出敌，又损兵折将。弟闻此事，星夜进兵，连敌二阵，未见胜负。因差官上达王兄，启奏纣王，发兵剿叛除奸，清肃西土。如今事在燃眉，不可羁滞。弟侯兵临，共破西党，崇门幸甚。弟黑虎再拜上陈。

侯虎看罢，拍案大骂姬昌曰：『老贼！你逃官欺主，罪当诛戮。圣上几番欲要伐你，我在其中，尚有许多委曲。今你不思知感，反致欺侮。若不杀老贼，势不回兵！』遂穿朝服进内殿，朝见纣王。王宣侯虎至，行礼毕。纣王曰：『卿有何奏章？』侯虎奏曰：『逆恶姬昌，不守本土，偶生异端，领兵伐臣，谈扬过恶，望陛下为臣作主。』纣王曰：『昌素有大罪，逃官负孤，焉凌虐大臣，殊为可恨！卿先回故地，朕再议点将提兵，协同剿捕逆恶。』侯虎领旨先回。且说崇侯虎领人马三千，离了朝歌，一路而来。有诗为证，诗曰：

三千人马疾如风，侯虎威严自姓崇。

积恶如山神鬼怒，诱君土木士民穷。

一家嫡弟施谋略，拿解行营请建功。

善恶到头终有报，衣襟血染已成空。

且说崇侯虎人马不一日到崇城。报马来报黑虎。黑虎暗令高定：『你领二十名刀斧手，埋伏于城门里，听吾腰下剑声响处，与我把大爷拿下，解送周营，辕门会齐。』又令沈冈：『我等出城迎大千岁去，你把大千岁家眷拿到

黑虎暗令高定：『你领二十名刀斧手，埋伏于城门里，听吾腰下剑声响处，与我把大爷拿下，解送周营，辕门会齐。』

周营，辕门等候。』吩咐已定，方同崇应彪出城迎接，行三里之外。只见侯虎人马已到。有探马报入行营曰：『二大王同殿下辕门接见。』崇侯虎马出辕门，笑容言曰：『贤弟此来，愚兄不胜欣慰！』又见应彪。三人同行。方进城门，黑虎将腰下剑拔出鞘，一声响，只见两边家将一拥上前，将侯虎父子二人拿下，绑缚其臂。侯虎喊叫曰：『好兄弟！反将长兄拿下者，何也？』黑虎曰：『长兄，你位极人臣，不修仁德，惑乱朝廷，屠害万姓，重贿酷刑，监造鹿台，恶贯天下。四方诸侯欲同心剿其崇姓；文王书至，为我崇氏分辨贤愚。我敢有负朝廷，宁将长兄拿解周营定罪。我不过只得罪于祖宗犹可，我岂肯得罪于天下，自取灭门之祸。故将兄送解周营，再无他说。』侯虎长叹一声，再不言语。黑虎随将侯虎父子送解周营。至辕门，侯虎又见元配李氏同女站立。侯虎父子见了，大哭曰：『岂知亲弟陷兄，一门尽绝！』黑虎至辕门下骑。探事马报进中军。子牙传令：『请。』黑虎至帐行礼。子牙迎上帐曰：『贤侯大德，恶党剿除，君侯乃天下奇丈夫也！』黑虎躬身谢曰：

方进城门，黑虎将腰下剑拔出鞘，一声响，只见两边家将一拥上前，将侯虎父子二人拿下，绑缚其臂。

『感丞相之恩，手札降临，照明肝胆，领命遵依，故将不仁之兄拿献辕门，听候军令。』子牙传令：『请文王上帐。』彼时文王至。黑虎进礼，口称『大王』。文王曰：『呀！原来崇二贤侯，为何至此？』黑虎曰：『不才家兄逆天违命，造恶多端，广行不仁，残虐良善；小弟今将不仁家兄，解至辕门，请令施行。』文王听罢，其心不悦，沉思：『是你一胞兄弟，反陷家庭，亦是不义。』子牙在旁言曰：『崇侯不仁，黑虎奉诏讨逆，不避骨肉，真忠贤君子，慷慨丈夫！古语云：「善者福，恶者祸。」天下恨侯虎恨不得生啖其肉，三尺之童，闻而切齿；今共知黑虎之贤名，人人悦而心欢。故曰，好歹贤愚，不以一例而论也。』子牙传令：『将崇侯虎父子推来！』众士卒将崇侯虎父子簇拥推至中军，双膝跪下。正中文王，左边子牙，右边黑虎。子牙曰：『崇侯虎恶贯满盈，今日自犯天诛，有何理说？』文王在旁，有意不忍加诛。子牙下令：『速斩首回报！』不一时，推将出去，宝纛幡一展，侯虎父子二人首级斩了，来献中军。文王自不曾见人之首级，猛见献上来，吓得魂不

子牙曰：『崇侯虎恶贯满盈，今日自犯天诛，有何理说？』

附体，忙将袍袖掩面曰：『骇杀孤家！』子牙传令：『将首级号令辕门！』有诗为证，诗曰：

独霸朝歌恃己强，惑君贪酷害忠良。
谁知恶孽终须报，枭首辕门是自亡。

话说斩了崇家父子，还有崇侯虎元配李氏并其女儿，黑虎请子牙发落。子牙曰：『令兄积恶，与元配无干；况且女生外姓，何恶之有。君侯将令嫂与令侄女分为别院，衣食之类，君侯应之，无使缺乏，是在君侯。今曹州可令将把守，坐镇崇城，便是一国，万无一失矣。』崇黑虎随释其嫂，依子牙之说，请文王进城，查府库，清户口。文王曰：『贤侯兄既死，即贤侯之掌握，何必孤行。姬昌就此告归。』黑虎再三款留不住。子牙回兵。诗曰：

自出磻溪为首相，酬恩除暴伐崇城。
一封书到擒侯虎，方显飞熊素著名。

话说文王、子牙辞了黑虎，回兵往西岐来。文王自见斩了崇侯虎的

首级，文王神魂不定，身心不安，郁郁不乐。一路上茶饭懒食，睡卧不宁，合眼朦胧，又见崇侯虎立于面前，惊疑失惊。那一日兵至西岐。众文武迎接文王入宫。彼时路上有疾，用医调治，服药不愈。按下不表。

话说崇黑虎献兄周营，文王将崇侯虎父子枭首示儆，崇城已呼黑虎；北边地方，俱不服朝歌。其时有报到朝歌城。文书房微子看本，看到崇侯虎被文王所诛，崇城尽属黑虎所占，微子喜而且忧：喜者，喜侯虎罪不容诛，死当其罪；忧者，忧黑虎独占崇城，终非良善；姬昌擅专征伐，必欲剪商。『此事重大，不得不奏。』遂抱本来奏纣王。纣王看本，怒曰：『崇侯虎屡建大功，一旦被叛臣诛戮，情殊痛恨！』传旨：『命点兵将，先伐西岐，拿曹侯崇黑虎等，以正不臣之罪。』旁有中大夫李仁进礼称『臣』，奏曰：『崇侯虎虽有大功于陛下，实荼毒于万民，结大恶于诸侯，人人切齿，个个伤心。今被西伯殄灭，天下无不讴歌。况大小臣工无不言陛下宠信谗佞；今为诸侯又生异端，此言恰中诸侯之口。愿陛下将此事徐徐图之。如若急行，文武以陛下宠嬖幸，以诸侯为轻。侯虎虽死，如疥癣一般，天下东南，诚为重务。愿陛下裁之！』纣王听罢，沉吟良久，方息其念。按下纣王不表。

且说文王病势日日沉重，有加无减，看看危笃。文武问安，非止一日。文王传旨：『宣丞相进宫。』子牙入内殿，至龙榻前，跪而奏曰：『老臣姜尚奉旨入内殿，问候大王，贵体安否?』文王曰：『孤今召卿入内，并无别论。孤居西北，坐镇兑方，统二百镇诸侯元首，感蒙圣恩不浅。方今虽则乱离，况且还有君臣名分，未至乖离。孤伐侯虎，虽斩逆而归，外舒而心实怯非。乱臣贼子，虽人人可诛，今明君在上，不解天子而自行诛戮，是自专也。况孤与侯虎一般爵位，自行专擅，大罪也。自杀侯虎之后，孤每夜闻悲泣之声，合目则立于榻前。吾思不能久立于阳世矣。今日请卿入内，孤有一言，切不可负：倘吾死之后，纵君恶贯满盈，切不可听诸侯之唆，以臣伐君。丞相若违背孤言，冥中不好相见。』道罢，泪流满面。子牙跪而启曰：『臣荷蒙恩宠，身居相位，敢不受命。若负君言，即系不忠。』君臣正论间，忽殿下姬发进宫问安。文王见姬发至，便喜曰：『我儿此来，正遂孤愿。』姬发行礼毕。文王曰：『我死之后，吾儿年幼，恐妄听他人之言，肆行征伐。纵天子不德，亦不得造次妄为，以成臣弑君之名。你过来，拜子牙为亚父，早晚听训指教。今听丞相，即听孤也。可请丞相坐而拜之。』姬发请子牙转上，即拜为亚父。子牙叩头榻前，泣曰：『臣受大王重恩，虽肝脑涂地，碎骨捐躯，不足以酬国恩之万一！大王切莫以臣为虑，当宜保重龙体，不日自愈矣。』文王谓子发曰：『商虽无道，吾乃臣子，必当恪守其职，毋得僭越，遗讥后世。睦爱弟兄，悯恤万民，吾死亦不为恨。』又曰：『见善不怠，行义勿疑，去非勿处，此三者乃修身之道，治国安民之大略也。』姬发再拜受命。文王曰：『孤蒙纣王不世之恩，臣再不能睹天颜直谏，再不能演八卦羑里化民也！』言罢遂薨，亡年九十七岁，后谥为周文王。时商纣王二十年仲冬。

奂美文王德，巍然甲众侯。
际遇昏君时，小心翼翼求。
商都三道谏，羑里七年囚。

卦发先天秘，《易传》起后周。

飞熊来入梦，丹凤出鸣州。

仁风光后稷，德业继公刘。

终守仁臣节，不逞伐商谋。

万古岐山下，难为西伯俦。

话说西伯文王薨，于白虎殿停丧。百官共议嗣位。太公望率群臣奉姬发嗣西伯之位——后谥为武王。武王葬父既毕，尊子牙为尚父；其余百官各加一级。君臣协心，继志述事，尽遵先王之政。四方附庸之国，皆行朝贡西土。二百镇诸侯，皆率王化。

且说汜水关总兵官韩荣见得边报，文王已死，姜尚立世子姬发为武王。荣大惊，忙修本，差官往朝歌奏事。使命一日进城，将本下于文书房。时有上大夫姚中见本，与殿下微子共议：『姬发自立为武王，其志不小，意在谋叛，此事不可不奏。』微子曰：『姚先生，天下诸侯见当今如此荒淫，进奸退忠，各有无君之心。今姬发自立为武王，不日而有鼎沸山河、扰乱乾坤之时。今就将本面君，昏君决不以此为患，总是无益。』姚中曰：『老殿下，言虽如此，各尽臣节。』姚中抱本往摘星楼候旨。不知凶吉如何，且听下回分解。

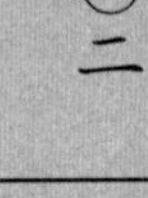

第三十回　周纪激反武成王

诗曰：

君戏臣妻自不良，纲常污蔑枉成王。
只知苏后妖言惑，不信黄妃直谏匡。
烈妇清贞成个是，昏君愚昧落场殃。
今朝逼反擎天柱，稳助周家世世昌。

话说姚中上摘星楼见驾毕，纣王曰：『卿有何奏章？』姚中曰：『西伯姬昌已死，姬发自立为武王，颁行四方，诸侯归心者甚多，将来为祸不小。臣因见边报，甚是恐惧。陛下当速兴师问罪，以正国法；若怠缓不行，则其中观望者皆效尤耳。』纣王曰：『料姬发一黄口稚子，有何能为之事？』姚中奏曰：『发虽年幼，姜尚多谋，南宫适、散宜生之辈，谋勇俱全，不可不预为防。』纣王：『卿之言虽有理，料姜尚不过一术士，有何作为！』遂不听。姚中知纣王意在不行，随下殿叹曰：『灭商者必姬发矣！』这且不表。

时光迅速，不觉又是年终。次年乃纣二十一年，正月元旦之辰，百官朝贺毕，圣驾回宫。大凡元旦日，各王位并大臣的夫人俱入内朝贺正宫苏皇后。各亲王夫人朝贺毕，出朝。祸因此起。

且说武成王黄飞虎的元配夫人贾氏，入宫朝贺，二则西宫黄妃是黄飞虎的妹子，一年姑嫂会此一次，必须款洽半

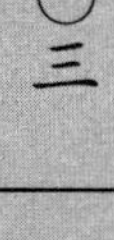

妲己曰：『夫人青春几何？』贾氏：『启娘娘：臣妾虚度「四九」。』

日，故贾夫人先往正宫来。宫人报：『启娘娘：贾夫人候旨。』妲己问曰：『哪个贾夫人？』宫人：『启娘娘：黄飞虎元配贾夫人。』妲己暗暗点头：『黄飞虎，你恃强助放神莺，抓坏我面门，今日你一房妻子贾氏也入吾圈套！』传旨：『宣』。贾氏入宫行礼，朝贺毕。娘娘赐坐。夫人谢恩。妲己曰：『夫人青春几何？』贾氏：『启娘娘：臣妾虚度「四九」。』妲己曰：『夫人长我八岁，还是我姐姐。我苏氏与你结为姊妹，如何？』贾氏奏曰：『娘娘乃万乘之尊；臣妾乃一介之妇，岂有彩凤配山鸡之理？』妲己曰：『夫人太谦！我虽椒房之贵，不过苏侯之女；你位居武成王夫人，况且又是国戚，何卑之有。』传旨：『排宴。』款待贾氏。妲己居上，贾氏居下，传杯共饮。酒不过三、五巡，宫官启娘娘：『驾到！』贾氏着忙，奏曰：『娘娘将妾身置于何地？』妲己曰：『姐姐，不妨，可往后宫避之。』贾氏果进后宫。妲己接驾至殿上。纣王见有筵席，问曰：『卿与何人饮酒？』妲己奏曰：『妾身陪武成王夫人贾氏饮酒。』纣王曰：『贤哉妲己！』传旨：『换席。』纣王与妲己把盏。妲

己曰：『陛下可曾见贾氏之容貌乎？』纣王曰：『卿言差矣。君不见臣妻，礼也。』妲己曰：『君故不可见臣妻，今贾氏乃陛下国戚，武成王妹子现在西宫，既为内戚，见亦何妨。外边小民，姑夫、舅母共饮，乃常事耳。陛下暂请出宫，别殿少憩。待妾诓贾氏上摘星楼，那时驾临，使贾氏不能回避。贾氏果然天姿国色，万分妖娆。』纣王大喜，退于偏殿。且说妲己来请贾氏，贾氏谢恩告出。妲己曰：『一年一会，今与姐姐往摘星楼看景一会，何如？』贾氏不敢违命，只得相随往摘星楼来。诗曰：

妲己设计陷忠贞，贾氏楼前命自湮。

名节已全清白信，简编凛烈有谁伦。

妲己携贾氏上得楼来，行至九曲栏杆，望下一看，只见虿盆内蛇蝎狰狞，骷髅白骨，堆堆垛垛，着实难看；酒池中悲风凛凛，肉林下寒气侵侵。贾氏对妲己曰：『启娘娘：此楼下设此池沼、坑穴，为何？』妲己曰：『宫中大弊难除，故设此刑，名曰虿盆。宫人有犯者，剥衣缚身，送下此坑，喂此蛇蝎。』贾氏听罢，魂不附体。妲己传旨：『摆上酒来！』贾氏告辞：『决不敢领娘娘盛意！』妲己曰：『我晓得你还要往西宫去；略饮数杯，也是上楼一番。』贾氏只得依从。且不说贾氏在楼。且说西宫黄妃差官打听，贾夫人入宫朝贺，姑嫂骨肉只此一年一会。黄妃倚宫门而候。差官回复曰：『贾夫人随苏娘娘上摘星楼去上。』黄妃大惊：『妲己乃妒忌之妇，嫂嫂为何随此贱人？』忙差官往楼下打听。

话说妲己、贾氏正饮酒时，宫人来报：『驾到！』贾氏着忙。妲己曰：『姐姐莫慌，请立于栏杆外边；等驾见毕，姐姐下楼，何必着忙。』果然贾氏立在栏杆外边。纣王上楼，妲己礼毕。纣王坐下，故问曰：『栏杆外立者何人？』妲己曰：『武成王夫人贾氏。』贾氏出笏见礼。妲己曰：『赐卿平身。』贾氏立于一旁。纣王偷睛观看贾氏姿色，果然生成端正，长就娇容。昏君传旨：『赐坐。』贾氏奏曰：『陛下、国母乃天下之主，臣妾焉敢坐。臣妾该万死！』妲己曰：『姐姐坐下何妨。』纣王曰：『御妻为何称贾氏为姐姐？』妲己曰：『贾夫人与妾一拜姊妹，故称姐姐，乃是皇姨，便坐下何妨。』贾氏自思：『今日入了苏妲己圈套。』贾氏俯伏奏曰：『臣妾进宫朝贺，乃是恭上；陛下亦合礼下。自古道：「君不见臣妻，礼也。」愿陛下赐臣妾下楼，感圣恩于无极矣！』纣王曰：『皇姨谦而不坐，朕立奉一杯，如何？』贾氏面红赤紫，怒发冲霄，自思：『我的丈夫何等之人！我怎肯今日受辱！』贾氏料今日不能全生。纣王执一杯酒，笑容可掬来奉贾氏。贾氏已无退处，用手抓杯，望纣王劈面打来，大骂：『昏君！我丈夫与你挣江山，立奇功三十余场，不思酬功；今日信苏妲己之言，欺辱臣妻。昏君！你与妲己贱人不知死于何地！』纣王大怒，命左右：『拿了！』贾氏大喝曰：『谁敢拿我！』转身一步，走近栏杆前，大叫曰：『黄将军！妾身与你全其名节！只可怜我三个孩儿，无人看管！』这夫人将身一跳，撞下楼台，粉骨碎身。有诗为证，诗曰：

朝贺中宫起祸殃，夫人贞洁坠楼亡。
纣王失政忘君道，烈妇存诚敢自凉。
西伯慢言招国瑞，殷商又道失金汤。

三三两两兵戈动，八百诸侯起战场。

话说纣王见贾氏坠楼而死，好懊恼，平地风波，悔之不及。

且说黄妃的差官打听信息，忙报西宫：『启娘娘：其祸不浅！』黄妃曰：『有甚么祸事？』差官报道：『贾夫人坠了摘星楼，不知何故。』黄妃大哭曰：『妲己泼贱！与吾兄有隙，今将吾嫂嫂陷害无辜……』黄妃步行往摘星楼下，径上楼，指定纣王骂曰：『昏君！你成汤社稷亏谁！我兄与你东拒海寇，南战蛮夷。掌兵权，一点丹心，助国家，未敢安枕。我父黄滚镇守界牌关，训练士卒，日夕劳苦。一门忠烈，报国忧民。今元旦，遵守朝廷国礼，进宫朝贺，乃敬上守法之臣。任信泼贱，诓彼上楼。昏君！你爱色不分纲常，绝灭彝伦！你有辱先王，污名简册！』黄妃把纣王骂得默默无言。又见妲己侧坐，黄妃指妲己骂曰：『贱人！你淫乱深宫，蛊惑天子。我嫂嫂被你陷身坠楼，痛伤骨髓！』赶上一把，抓住妲己，黄妃原有气力，乃将门之女。把妲己掩翻在地，捺在尘埃，手起掌落，打了二、三十下。妲己虽然是妖怪，见纣王坐在上面，有本事也不敢用出，只叫：『陛下救命！』纣王看着黄妃打妲己，心有偏向，上前劝解。纣王曰：『不关妲己事。你嫂嫂触朕自愧，故投楼下；与妲己无干。』黄妃急攘之间，不暇检点，回手一拳，误打着纣王脸上：『好昏君！你还来替贱人遮掩！打死了妲己，与嫂嫂偿命！』纣王大怒：『这贱人反将朕打一拳！』一把抓住黄妃后鬓，一把抓住宫衣，拎起来，纣王力大，望摘星楼下一摔，可怜：香消玉碎佳人绝，粉骨残躯血染衣！纣王摔了黄妃下楼，独坐无言，心下甚是懊恼，只是不好埋怨妲己。

且说贾氏侍儿随夫人往宫朝贺，只在九间殿等候；到下晚也不见出来。只见一内侍问曰：『你们是哪里的侍儿？』答曰：『我们是武成王府里的；随夫人朝宫，在此伺候。』内侍曰：『你夫人坠了摘星楼；黄娘娘为你夫人辩明，反被天子摔下楼，跌得粉骨碎身。你们快去罢！』侍儿听说，急急回王府来。武成王在内殿同弟黄飞彪、飞豹，黄明、周纪、龙环、吴谦，黄天禄、天爵、天祥三子，元旦良辰欢饮。只见侍儿慌张来报：『千岁爷：祸事不小！』飞虎曰：『有甚么事，报得这等凶？』侍儿跪禀曰：『夫人进宫，不知何故，坠了摘星楼；黄娘娘被纣王摔下楼来跌死了！』黄天禄——十四岁，天爵——十二岁，天祥——七岁，听得母亲坠楼而亡，放声大哭。有诗为证，诗曰：

忽闻凶报满门惊，子哭儿啼泪若倾。
烈妇有恩虽莫负，忠君无愧更当诚。
左观四友俱怀忿，右睹三男苦痛心。
回首不堪重悒怏，伤心只有夜猿鸣。

话说飞虎听得此信，无语沉吟；又见三子哭得酸楚。黄明曰：『兄长不必踌躇。纣王失政，大变人伦。嫂嫂进宫，想必昏君看见嫂嫂姿色，君欺臣妻，此事也是有的。嫂嫂乃是女中丈夫，兄长何等豪杰，嫂嫂守贞洁，为夫名节，为子纲常，故此坠楼而死。黄娘娘见嫂嫂惨死，必定向昏君辩明。纣王溺爱偏向，把娘娘摔下楼。此事他再无他议。长兄不必迟疑。「君不正，臣投外国。」想吾辈南征北讨，马不离鞍，东战西攻，人不脱甲，若是这等看起来，

愧见天下英雄，有何颜立于人世！君既负臣，臣安能长仕其国。吾等反也！』四人各上马，持利刃，出门而走。飞虎见四人反了，自思：『难道为一妇人，竟负国恩之理。将此反声扬出，难洗清白……』黄飞虎急出府，大叫曰：『四弟速回！就反也要商议往何地方！投于何主？打点车辆，装载行囊，同出朝歌。为何四人独自前去！』四将听罢，回马，至府下马，进了内殿。黄飞虎持剑在手，大喝曰：『黄明等！你这四贼！不思报本，反陷害我合门之祸！我家妻子死于摘星楼，与你何干！你等口称「反」字，黄氏一门七世忠良，享国恩二百余年，难道为一女人造反。你借此乘机要反朝歌而图掳掠，你不思金带垂腰，官居神武，尽忠报国，而终成狼子野心，不绝绿林本色耳！』骂的四人默默无语。黄明笑曰：『长兄，你骂得有理。又不是我们的事，恼他怎的！』四人在旁，抬一桌酒吃。四人大笑不止。黄飞虎心下如火燎一般；又见三子哭声不绝，听得四人抚掌欢欣，黄飞虎问曰：『你们哪些儿欢喜？』黄明曰：『兄长家下有事挠心，小弟们心上无事。今元旦吉辰，吃酒作乐，与你何干？』飞虎气不过，恼曰：『你见我有事，反大笑，这是怎么说？』周纪曰：『不瞒兄说，笑的是你。』飞虎道：『有甚么事与你笑？我官居王位，禄极人臣，列朝班身居首领，披蟒腰玉，有何事与你笑？』周纪曰：『兄长，你只知官居首领，显耀爵禄，身挂蟒袍。知者说仗你平生胸襟，位至尊大；不知者，只说你倚嫂嫂姿色，和悦君王，得其富贵。』周纪道罢，黄飞虎大叫一声：『气杀我也！』传家将：『收拾行囊，打点反出朝歌！』黄飞彪见兄反了，点一千名家将，将车辆四百，把细软、金银珠宝装载停当。飞虎同三子、二弟、四友，临行曰：『我们如今投哪方去？』黄明曰：『兄长岂不闻「贤臣择主而仕」，西

岐武王，三分天子，周土已得二分，共享安康之福，岂不为美。』周纪暗思：『方才飞虎反，是我说将计反了；他若还看破，只怕不反。不若使他个绝后计，再也来不得……』周纪曰：『此往西岐，出五关，借兵来朝歌城，为嫂嫂、娘娘报仇，此还是迟着。依小弟愚见，今日就在午门会纣王一战，以见雌雄。你意下如何？』黄飞虎心下昏乱，随口答应曰：『也是。』——大抵天道该是如此。飞虎金装盔甲，上了五色神牛。飞彪、飞豹同三侄、龙环、吴谦并家将，保车辆出西门。黄明、周纪同武成王至午门。天色已明。周纪大叫：『传与纣王，早早出来，讲个明白。如迟，杀进宫阙，悔之晚矣！』纣王自贾氏身亡，黄妃已绝，自己悔之不及；正在龙德殿懊恼，无可对人言说。直到天明，当驾官启奏：『黄飞虎反了，现在午门请战。』纣王大怒，借此出气，『好匹夫！焉敢如此欺侮朕躬！』传旨：『取披挂！』九吞八扎，点护驾御林军，上逍遥马，提斩将刀，出午门。怎见得：

冲天盔，龙蟠凤舞；金锁甲，叩就连环。九龙袍，金光愰目；护心镜，前后牢拴。红挺带，攒成八宝；鞍鞒挂，竹节钢鞭。逍遥马追风逐日，斩将刀定国安邦。只因天道该如此，至使君臣会战场。

黄飞虎虽反，今日面君，尚有愧色。周纪见飞虎愧色，在马上大呼：『纣王失政，君欺臣妻，大肆狂悖！』纵马使斧，来取纣王。纣王大怒，手中刀急架相还。黄明走马来攻。黄飞虎口里虽不言，心中大恼曰：『也不等我分清理浊，他二人便动手杀将起来！』飞虎只得催开神牛。一龙三虎杀在午门。怎见得，有诗为证：

虎斗龙争在午门，纣王无道败彝伦，

三员大将使开枪斧，纣王抵敌不住，刀尖难举，马往后坐，将刀一掩，败进午门。

眼前贤士归明主，目下黎民叛远村。
三略有人空执法，五关无路可留阍。
忠孝至今传万载，独夫遗臭枉称尊。

君臣四骑，杀三十回合。纣王刀法展开，其势真如虎狼。三员大将使开枪斧，纣王抵敌不住，刀尖难举，马往后坐，将刀一掩，败进午门。黄明要赶，飞虎曰：『不可。』三骑随出西门，来赶家将，一同行走，过孟津。不表。

且说纣王败至大殿坐下，懊悔不及。都城百姓官员已知武成王反了，家家闭户，路少人行。又闻天子大战黄飞虎，百官忙入朝，见纣王问安，曰：『黄飞虎因何事造反？』天子怎肯认错，乃曰：『贾氏进宫朝贺，触忤皇后，自己坠楼而死。黄妃倚仗伊兄，恃强殴辱正宫，推跌下楼，亦是误伤。不知黄飞虎自己因何造反，杀入午门，深属不道！诸臣为朕作速议处！』百官听纣王言说，皆默默无语，莫敢先立意见。正沉思间，探事马报进午门曰：『闻太师征东海奏凯回兵。』百官大喜，

齐辞朝上马，出郭迎接。只见人马远远行至，中军官报入营中曰：『启太师：『百官辕门迎接。』闻太师曰：『众官请回，午门相会。』众官进城至朝门，见闻太师骑墨麒麟来至，众官躬身。太师曰：『列位请了！』众官同进朝，见天子，行礼毕起身，不见武成王，太师心下疑惑，奏曰：『武成王为何不来随朝？』王曰：『黄飞虎反了。』太师惊问：『为何事反？』纣王曰：『元旦贾氏进宫，朝贺中宫，触犯苏后，自知罪戾，负愧坠楼而死，——此是自取。西宫黄妃听知贾氏已死，忿怒上楼，毁打苏后，辱朕不堪；是朕怒起相攘，误跌下楼，非朕有意。不知黄飞虎辄敢率众杀入午门，与朕对敌，幸而未遭毒手，今已拥众反出西门。朕正在此沉思，适太师奏捷，乞与朕擒来，以正国法！』太师听罢，厉声言曰：『此一件事，据老臣愚见，还是陛下有负于臣子！黄飞虎至少有忠君爱国之心，今贾氏进宫朝贺，此臣下之礼，岂有无故而死！况摘星楼乃陛下所居，与中宫相间，贾氏因何上此楼，其中必有主使、引诱之人，故陷陛下于不义。陛下不自详察，而有辱此贞洁之妇。黄娘娘见嫂死无辜，必定上楼直谏，陛下亦不能容受，溺爱偏向，又将黄娘娘跌下楼。致贾氏忿怨死，黄娘娘遭冤，实君有负臣子，与臣下何干。况语云：「君不正则臣投外国。」今黄飞虎以报国赤衷，功在社稷，不能荣子封妻，享久长富贵，反致骨肉无辜惨死，情实伤心。乞陛下可赦黄飞虎一概大罪，待臣追赶飞虎回来，社稷可保，家国太平。』百官在旁，齐言：『太师处之甚明，无不钦服。望陛下速降赦旨，大事定矣！』闻太师叹曰：『此是天子负臣，故当赦宥。若果飞虎有负君之处，只怕老臣一时之见，还有礼当说者，即行商议，不可有误国事。』班中闪一员官，乃下大夫徐荣出见。闻太师曰：『大夫有何议论？』荣曰：

『太师所言，虽是天子负臣，黄飞虎也有忤君之罪。』太师曰：『大夫何以见得？』荣曰：『君欺臣妻，天子负臣；不顾恩爱，摔死黄娘娘，也是天子失政。黄飞虎岂得率众杀入午门，声言天子之罪，与天子在午门大战，臣节全无，故武成王也有不是。』闻太师听说，乃对诸大臣曰：『今诸臣朦胧，只谈天子之过，不言飞虎之逆。』乃传令吉立、徐庆：『快发飞檄传临潼关、佳梦关、青龙关三路总兵，不可走了反叛；待老臣赶去拿来，以正大法！』不知凶吉何如，且听下回分解。

第三十一回　闻太师驱兵追袭

诗曰：

忠良去国运将灰，水旱频仍万姓灾。
贤圣太师旋头柄，奸谗妖孽丧盐梅。
三关漫道能留辔，四径纷纭唱草莱。
空把追兵迷白日，彼苍定数莫相猜。

话说闻太师驱兵追赶，出西门，一路上旗幡招展，锣鼓齐鸣，喊声大作。不表。

且说黄家父子、兄弟过了孟津，渡了黄河，行至渑县。县中镇守主将张奎。黄飞虎知张奎利害，不敢穿城而走，从城外过了渑池，径往临潼关来。家将徐徐行至白莺林，只听得后面喊声大作，滚滚尘起。飞虎回头一看，却是闻太师的旗号，随后赶来。飞虎俯鞍叹曰：『闻太师兵来，如何抵敌！吾等束手待毙而已。』飞虎见三子天祥——年方七岁，坐在马上。飞虎暗暗嗟叹：『此子幼稚无知，你得何罪，也逢此难。』家将来报：『启千岁：左边有一枝人马到了。』飞虎看时，乃青龙关张桂芳人马。又报：『佳梦关魔家四将从右边来了。』又见正中间临潼关总兵官张凤兵来。黄飞虎见四面人马俱来，自思不能逃脱，长吁一声，气冲霄汉。

且说青峰山紫阳洞清虚道德真君因神仙犯了杀戒，玉虚宫止讲，待子牙封过神方上昆仑，因此闲游五岳。一日往临潼关过，被武成王怨气冲开真人足下祥光。真人拨开云彩，往下一观，『元来是武成王有难，贫道不行护救，谁为拔济！』真人命黄巾力士：『将吾混元幡遮下，把黄家父子移到僻净山中去；待贫道退了朝歌人马，打发他出关。』黄巾力士领法旨，用混元幡一罩，将黄家父子尽移往深山去了，踪迹全无。且说闻太师大兵赶至中途，前哨报：『青龙关总兵官张桂芳听令。』太师传将令：『来。』桂芳行至军前，欠身躬候。太师问曰：『黄飞虎反出朝歌，此必由关隘，你可曾见否？』桂芳答曰：『末将不曾见。』太师曰：『速回谨防关隘，不得迟误。』桂芳得令，去讫。又报：『佳梦关魔家四将听令。』太师命：『令来。』四天王步行至军前，口称：『太师，甲胄在身，不能全礼。』太师道：『黄飞虎曾往佳梦关来否？』四将答曰：『不曾见。』太师传令：『速回佳梦关守御，协同捉贼。』四将得令，去讫。又报：『临潼关首将张凤听令。』太师命：『令来。』至骑前行礼。太师曰：『老将军，叛贼黄飞虎曾往关上来否？』张凤欠身答曰：『不曾见。』闻太师令回兵，用心防守。张凤得令，去讫。且说太师坐在骑上暗思：『俱道飞虎既出西门，过孟津，为何不见？三处人马撞来，俱言不曾见。异哉！异哉！也罢，待吾将人马住扎在此，看他往哪里来？』且说清虚道德真君在空中看闻太师驻兵不动，真君曰：『若不把闻仲兵退回去，黄飞虎怎的出得五关？』真人随将葫芦盖去了，倒出神砂一捏，望东南上一洒，法用先天一气，炉中炼就玄功。少时间，闻太师军政官来报：『启太师：武成王领家将倒杀往朝歌去了。』太师闻报，传令：『回兵。』慌忙赶杀，径奔渑池，一路上果见前边一伙人，簇拥飞走。太师催动三军，赶过了孟津，按下不表。

且说真君在云里命黄巾力士把混元幡移出大道，黄家父子兄弟在马上如醉方醒，如梦方觉，个个马上揉眉擦眼，定睛看时，四路人马去得影迹无踪。黄明叹曰：『吉人自有天相。』飞虎忙问众弟兄：『方才人马俱不知往哪里去了，乘此时速行，过临潼关方好。』众将听令，速速策马前行。来至临潼关，见一枝人马扎住团营，阻住去路。黄飞虎令车辆暂停，正要上前打听，只听得炮声响处，呐喊摇旗。飞虎坐在五色神牛上，只见总兵张凤全妆甲胄，八扎九吞。怎见得：

凤翅盔，黄金重；柳叶甲挂红袍控。束腰八宝紫金厢，绒绳双叩梅花镜。打将钢鞭如豹尾，百炼锤起寒云迸。斩将刀举似秋霜，马走临崖当取胜。大红幡上树威名，『坐镇临潼将张凤』。

话说张凤听报，黄飞虎领众已至关前。张凤上马，来至军前，大呼曰：『黄飞虎出来答话！』武成王乘神牛至营前，欠身，口称：『老叔：小侄乃是难臣，不能全礼。』张凤曰：『黄飞虎，你的父与我一拜之交，你乃纣王之股肱，况是国戚，为何造反，辱没宗祖。今汝父任总帅大权，汝居王位，岂为一妇人而负君德。今日反叛，如鼠投陷阱，无有升腾，即老拙闻知，亦惭愧无地，真是可惜！听我老拙之言，早下坐骑受缚，解送朝歌，百司有本，当殿与你分个清浊，辨其罪戾；庶几纣王姑念国戚，将往日功劳，赎今日之罪，保全一家生命。如迷而不悟，悔之晚矣！』

黄飞虎告曰：『老叔在上：小侄为人，老叔尽知。纣王荒淫酒色，听奸退贤，颠倒朝政，人民思乱久矣。况君欺臣妻，逆礼悖伦，杀妻灭义。我兵平东海，立大功二百余场。定天下，安社稷，沥胆披肝；治诸侯，练士卒，神劳形

痒，有所不恤。天下太平，不念功臣，反行不道，而欲使臣下倾心难矣。望老叔开天地之心，发慈悲之德，放小侄出关，投其明主。久后结草衔环，补报不迟。不识尊叔意下何如？』张凤大怒：『好逆贼！敢出此污蔑之言，欺吾老迈！』手起一刀砍来。黄飞虎将手中枪架住，『老叔息怒。我与老叔皆是一样臣子，倘老叔被屈，必定也投他处，总是一般。从来不言：「君不正，臣投外国。」礼之当然。老叔何苦认真，不行方便。』张凤大喝曰：『好反贼！焉敢巧舌！』又一刀劈来。飞虎大怒，纵骑挺枪。牛马相交，刀枪并举。战三十回合，张凤力怯，拨马便走。飞虎逞势赶来。张凤闻脑后铃响，料飞虎赶来，鸟翅环挂下刀，揭开战袍，取百炼锤，将紫绒绳理得停当，发手打来。怎见得好锤：

圆的好：冰盘大，碗口小。神见愁，鬼见怕；伤人心，碎人脑。断筋骨，真稀少。顺手轻持百炼锤，暗带随身人不晓。大将逢着命难逃，着重人亡并马倒。

话说张凤回马一锤打来，黄飞虎见锤将近，用宝剑望上一掠，将绳截为两断，收了张凤百炼锤。张凤败进帅府，黄飞虎也不追赶，命家将将车辆围绕营中，就草茵而坐，与众弟兄商议出关之策。

且说张凤败进关，坐在殿上，自思：『黄飞虎勇贯三军，吾老迈安能取胜。倘然走了，吾又得罪于天子。』叫：『萧银在哪里？』萧银上殿，见张凤曰：『末将听令。』张凤曰：『黄飞虎力敌万夫，又收我百炼锤，似不可以力敌。你可黄昏时候，传长箭手三千，至二更时分，领至大营，听梆子响，一齐发箭，射死反贼；将首级献上朝歌请

又一刀劈来。飞虎大怒，纵骑挺枪。牛马相交，刀枪并举。战三十回合，张凤力怯，拨马便走。

功，方保无虞。』萧银领令出府，乃自忖曰：『黄将军昔在都城，我在他麾下，荷蒙提携，奖荐升用将职，未曾以不肖相看，今点临潼副将。我岂敢忘恩，忍令恩主一门反遭横祸，我心安忍！』萧银随改妆束，暗出行营，黑地潜行，来至黄飞虎营前问曰：『可有人么？』巡营军曰：『你是何人？』萧银答曰：『我原是老父门下萧银，特来报机密重情。』巡营军急进营报知。飞虎命：『速令进见。』萧银黑地参见，下拜曰：『末将乃旧门下萧银，蒙老爷点发临潼关；今日张凤密令末将二更时，带领攒箭手，射死老爷满门，将首级南上朝歌请功，末将自思：岂肯欺心，有伤天道！故此改妆，先来报知。』飞虎听毕，大惊曰：『多感将军盛德！不然黄门老少死于非命矣。实系再生之恩，何时能报。为今之计，事属燃眉，将军何以救我？』萧银曰：『大王速上马，领车辆杀出临潼关，末将开关等候。事不宜迟，恐机泄有误。』飞虎等急忙上骑，各持兵器，喊声杀来，势如虎猛。时方初更，未及二鼓，士卒皆未有备。萧银开了栓锁，黄家众将一拥杀出关门去了。且说张凤正

坐厅上，忽报：『黄家众将闯关杀出去了！』张凤厉声叫苦曰：『是我错用了人！萧银乃黄飞虎旧将，今日串同黄飞虎斩关落锁而去，情殊可恨！』张凤急上马提刀来赶飞虎。不防萧银乘马隐在关旁，听得马铃响处，料是张凤来赶，不期果然。张凤走马方出关门，萧银一戟刺张凤于马下。有诗为证，诗曰：

凛凛英才汉，堂堂忠义隆，只因飞虎反，听令发千弓。
知恩行大义，落锁放雕笼。戟刺张凤死，辅佐出临潼。

说话萧银杀了张凤，走马来赶，大叫：『黄老爷慢行！末将萧银已刺死了张凤，大王前途保重！末将如今将临潼关扎板下了，命兵卒将土壅塞，恐有追兵赶来，再去了土板，可以羁滞时候，及至来时，大王去之已远。此一别又不知何日再睹尊颜！』飞虎称谢曰：『今日之恩，不知甚日能报！』彼此各分路而别。——后来萧银要会在『十绝阵』内。此是后话。不表。

且说黄飞虎离了临潼，八十余里，行至潼关。潼关守将陈桐有探马报到：『黄飞虎同家将至关，扎住了行营。』陈桐笑曰：『黄飞虎，你指望成汤王位坐守千年，一般也有今日！』传令：『将人马排开，鹿角阻住咽喉。』陈桐全身披挂，结束整齐，打点擒拿飞虎。且说黄飞虎扎住行营，问：『守关主将何人？』周纪曰：『乃是陈桐。』黄飞虎半晌不言，长吁曰：『昔陈桐在我麾下，有事犯吾军令，该枭首级，众将告免，后来准立功代罪；今调任在此，与吾有隙，必报昔日之恨。如何处治？……』正沉思间，只听外边呐喊之声甚急。飞虎上了神牛，提枪至营前。只见陈桐

耀武扬威，用戟指曰：『黄将军请了！你昔享王爵，今日为何私自出关？吾奉太师将令，久候多时。乞早早下马，解返朝歌，免生他说。』飞虎曰：『陈将军差矣！盈虚消息，乃世间长情。昔日你在吾麾下，我并无他心，待如手足；后来犯罪，是你自取，吾亦听众人而免你之罪，立功自赎，我亦不为无恩。今当面辱吾，莫非欲报昔日之恨耶？快放马来，你三合赢得我，便下马受缚。』言罢，摇枪直取。陈桐将画戟相迎。二骑相交，双兵共举，一场大战。则杀的——赞曰：

四下阴云惨惨，八方杀气腾腾。长枪闪得亮如银，画戟幡摇摆动。
枪挑前心两胁，戟刺眼角眉丛。咬牙切齿面皮红，地府天关摇动。

话说二将拨马，往来冲突，二十回合。陈桐非飞虎敌手，料不能胜，掩一戟拨马就走。飞虎怒气冲空，大喝一声：『决拿此贼以泄吾恨！』望前赶来。陈桐闻脑后鸾铃响处，料是飞虎赶来，挂下画戟，取火龙标掌在手中，此标乃异人秘授，出手烟生，百中百发。一标打来，飞虎叫声：『不好！』躲不及，一标从胁下打来。可怜：万丈神光从此灭，将军撞下战驹来。诗曰：

标发飞烟焰，光华似异珍，逢将穿心过，中马倒埃尘。
安邦无价宝，治国正乾坤。今日伤飞虎，万死落沉沦。

黄飞虎被火龙标打下五色神牛。黄明、周纪见主将落骑，催马向前，大喝曰：『勿伤吾主，待吾来也！』两骑

陈桐将画戟相迎。二骑相交，双兵共举，一场大战。

马、两柄斧飞来直取。陈桐将画戟急架相还。飞彪将飞虎救回时，已是死了。二将战陈桐，恨不得将陈桐碎尸万段。陈桐掩一戟就走。二将为飞虎报仇，催马赶来。陈桐又发标打来，把周纪一标，将颈子打通，落马。陈桐勒回马欲取首级，早被黄明马到，力战陈桐。陈桐见已胜二人，便回军掌鼓进营去了。

且说飞彪把飞虎尸骸救回。三子见父死大哭。黄明将周纪也停在荒郊草地。众家将无不伤感。众将见死了二人，心下无谋，前无所往，退无所归，羊触藩篱，进退两难，正在慌乱之间。不表。

话说青峰山紫阳洞清虚道德真君正在碧云床运元神，忽心下一惊，道人袖时捏指一算，早知黄飞虎有厄，道人忙命白云童儿：『请你师兄来。』白云童子即时请出一位道童，生的身高九尺，面似羊脂，眼光暴露，虎形豹走；头挽抓髻，腰束麻绦，脚登草履，至云榻前下拜，口称：『师父，唤弟子哪壁使用？』真君曰：『你父亲有难，你可下山走一遭。』黄天化答曰：『师父，弟子父亲是谁？』真君曰：『你父乃武成王黄飞虎是也；今在潼关，被火龙标打死。着你下山，一则救父；二则你子父相逢，久后仕周，共扶王业。』天化听罢曰：『弟子因何到此？』真君曰：『那一年，我往昆仑山来，脚踏祥云，被你顶上杀气冲入云霄，阻我云路。我看时，你才三岁。见你相貌清奇，后有大贵，故此带你上山；今已十三载了。你父亲今日有难，该我救他。我故教你前去。』真君先把花篮儿与天化拿了，又将一口剑付与，吩咐：『速去救父。』天化方欲问故，真君曰：『若会陈桐，须得……如此如此，方可保你父出潼关。不许你同往西岐，可速回来，终有日相会。』天化领师父严命，叩头下山。出了紫阳洞，捏了一撮土，望空中一撒，借土遁往潼关来，迅速如风。父子相逢，潼关大战。不知后事如何，且听下回分解。

第三十二回　黄天化潼关会父

诗曰：

五道玄功妙莫量，随风化气涉沧茫。
须臾历遍阎浮世，顷刻遨游泰岳邙。
救父岂辞劳顿苦，诛谗不怕勇心狼。
潼关父子相逢日，尽是岐周美栋梁。

话说黄天化借土遁，倏尔来至潼关，落下埃尘，时方五更。只见一簇人马围绕，一盏灯高挑空中，又听得悲悲切切哭泣之声。天化走至一簇人前，黑影内有人问曰：『你是何人，来此探听军情？』天化答曰：『贫道乃青峰山紫阳洞炼气士是也；知你大王有难，特来相救。快去通报。』家将闻言，报知二爷。飞彪急出营门，灯下观看，见一道童，着实齐整。怎见得《西江月》为证：

顶上抓髻灿烂，道袍大袖迎风，丝绦叩结按离龙，足下麻鞋珍重。花篮内藏玄妙，背悬宝剑锋凶，潼关父子得相逢，方显麒麟有种。

话说黄飞彪出来迎请道童，一见举止色相，恍如飞虎。飞彪忙请里面相见。那道童进得营中，与众将见毕，飞彪问曰：『道者此来，若救得家兄，实乃再生父母！』道童曰：『黄大王在哪里？』飞彪引道童来看，走至后营，见

黄天化垂泪，跪在地上曰：『父亲，吾非别人，是你三岁在后花园不见的黄天化。』

飞虎卧在毡毯上，以面朝天，形如白纸，闭目无言。黄天化看见脸黄。暗暗叹曰：『父亲，你名在何方？利在何处？身居王位，一品当朝，为甚来由，这等狼狈！』天化见还有一个睡在旁边，天化问曰：『那一位是谁？』飞彪曰：『是吾结义兄弟，也被陈桐飞标打死的。』天化命：『涧下取水来。』不一时，水到。天化在花篮中取出仙药，用水研开，把剑撬开上下牙关，灌入口内，送入中黄，走三关，透四肢，须臾转八万四千毛窍；又用药搽在伤眼上。有一个时辰，只见黄飞虎大叫一声：『疼杀吾也！』睁开双目，只见一个道童坐在草茵之上。飞虎曰：『莫非冥中相会？如何有此仙童？』飞彪曰：『若非道者，长兄不能回生。』飞虎听罢，随起身拜谢曰：『飞虎何幸，今得道长怜悯，垂救回生！』黄天化垂泪，跪在地上曰：『父亲，吾非别人，是你三岁在后花园不见的黄天化。』飞虎与众人听罢，惊讶曰：『原来是天化孩儿前来救我！不觉又是十有三年。』飞虎问天化曰：『我儿，你在哪座名山学道？』天化泣而言曰：『孩儿在青峰山紫阳洞；吾师是清虚道德真君，

见孩儿有出家之分，把我带上高山，不觉十有三载。今见三个兄弟，又见二位叔叔，周纪也救得返本还元，一家相聚。』天化前后一看，却不见母亲贾氏。天化元是圣神，性如烈火，一时面发通红，向前对飞虎曰：『父亲，你好狠心！』把牙一咬。飞虎曰：『我儿，今日相逢，何故突发此言？』天化曰：『父亲既反朝歌，兄弟却都带来，独不见吾母亲，可也？他是女流，倘被朝廷拿问，露面抛头，武成王体面何在？』飞虎闻说，顿足泪流，哭曰：『我儿言之痛心！我父亲为何事而反？为你母亲元旦朝贺苏后，因君欺臣妻，你母亲誓守贞洁，辱君自坠摘星楼而死。你姑娘为你母亲直谏，被纣王摔下楼来，跌得粉骨碎身，俱死非命。今苦不胜言。』天化听罢，大叫一声，气死在地。慌坏众人，急救苏醒时，天化满眼垂泪，哭得如醉如痴，大叫曰：『父亲！孩儿也不去青峰山上学道，且杀到朝歌，为母亲报仇！』咬牙切齿正哭，忽报：『陈桐在外请战。』飞虎听报，面如土色。天化见父慌张，忙止泪答曰：『父亲出去，有孩儿在此，不妨。』飞虎只得上了五色神牛，金装铠甲，出得营来，叫曰：『陈桐，还吾夜来一标之仇！』陈桐见飞虎宛然无恙，心下大疑，又不敢问，只得大叫曰：『反臣慢来！』飞虎曰：『匹夫！你将标打我，岂知天不绝吾！』纵牛摇枪，直取陈桐。陈桐将戟急架相还。二骑相交，大战十五回合。陈桐拨马便走。飞虎不赶。天化叫曰：『父亲，赶这匹夫，有儿在此，何惧之有！』飞虎只得赶将下来。陈桐见飞虎追赶，发标打来。天化暗将花篮对着火龙标，那标尽投花篮内收将去了。陈桐见收了火龙标，大怒，勒回马复来战飞虎。后一人大叫曰：『陈桐匹夫！我来了！』陈桐见一道童助战：『呀！原来是你收我神标！破吾道术，怎肯干休！』纵马摇戟，来挑天化。天化忙将背上

宝剑执在手中，照陈桐只一指。只见剑尖上一道星光，有盏口大小，飞至陈桐面上，陈桐首级已落于马下。有诗单道宝剑好处，诗曰：

非铜非铁亦非金，乃是乾元百炼精。
变化无形随妙用，要知能杀亦能生。

话说天化此剑，乃清虚道德真君镇山之宝，名曰『莫邪宝剑』，光华闪出，人头即落，故陈桐逢此剑自绝。陈桐已死，黄明、周纪众将呐一声喊，斩栓落锁，杀散军兵，出了潼关。黄天化辞父归山，拜曰：『父亲同兄弟慢行，前途保重！』飞虎曰：『我儿，你为何不与我同行？』天化曰：『师命不敢有违。』必欲回山。飞虎不忍别子，叹曰：『相逢何太迟，别离须恁早！此一别何时再会？』天化曰：『不久往西岐相会。』父子兄弟洒泪而别。

不说天化回山，后说黄家父子离了潼关八十余里，行至穿云关不远。穿云关守将乃陈桐的兄陈梧守把。败军先已报知，陈梧听得飞虎杀了兄弟，急得三尸神暴躁，七窍内生烟，欲点鼓聚将发兵，为弟报仇。内班中一人言曰：『主将不可造次。黄飞虎乃勇贯三军，周纪等乃熊罴之将；寡不敌众，弱不拒强，二爷勇猛，况已枉死。以愚意观之，当以智擒。若要力战，恐不能取胜，尚有不测。』陈梧听偏将贺申之言，乃曰：『贺将军言虽有理，计将安出？』贺申曰：『须得……如此如此。不用张弓只箭，可绝黄氏一门也。』陈梧大喜，依计而行。传令：『如黄飞虎到关，须当速报。』不一时，有探事马报到：『黄家人马来了。』陈梧传令：『掌金鼓，众将上马，迎接武成王黄爷。』只见飞

虎在坐骑上，见陈梧领众将，身不披甲，手不执戈迎来，马上欠身，口称：『大王。』飞虎亦欠背言曰：『难臣黄飞虎，罪犯朝廷，被厄出关，今蒙将军以客礼相待，感德如山！昨又为令弟所阻，故有杀伤。将军若念飞虎受屈，此一去倘有得地，决不敢有忘大恩也。』陈梧在马上答曰：『陈梧知大王数世忠良，赤心报国，今乃是君负于臣，何罪之有。吾弟陈桐，不知分量，抗阻行车，不识天时，礼当诛戮。末将今设有一饭，请大王暂停鸾舆，少纳末将虔意，则陈梧不胜幸甚。』黄明马上叹曰：『一母之子，有愚贤之分；一树之果，有酸甜之别。似这等观之，陈将军胜其弟多矣！』黄家众将听得黄明之言，一齐下马。陈梧亦下马：『请黄大王入帅府。』众人相让，至殿行礼，依次序坐。陈梧传令：『摆上饭来。』飞虎谢曰：『难臣蒙将军盛赐，何以克当！此恩此德，不知何日能报万一耳。』众将用罢饭，飞虎起身，谢陈梧曰：『将军若发好生恻隐之心，敢烦开关，以度蚁命。他日衔环，决不有负。』陈梧带笑，欠身而言曰：『末将知大王必往西岐，以投明主；他日若有会期，再图报效。今具有鲁酒一杯，莫负末将芹敬。大王勿疑，并无他意。』黄飞虎曰：『将军雅爱，念吾俱是武臣，被屈脱难，贤明自是见亮。既陈将军设有盛爱，总不敢辞。』陈梧忙传令：『摆设酒席，奏乐。』宾客交欢，不觉日已沉西。黄飞虎出席告辞：『承蒙雅赐，恩同太山。难臣若有寸进，决不忘今日之德。』陈梧曰：『大王放心。末将知大王一路行来，未安枕席，鞍马困倦，天色已晚，草榻一宵，明日早行，料无他意。』飞虎自思：『虽是好意；但此处非可宿之地。』又见黄明道：『长兄，陈将军既有高情，明日去也无妨。』黄飞虎只得勉强应承。陈梧大喜。梧曰：『末将当得再陪几杯。恐大王连日困劳，不敢加

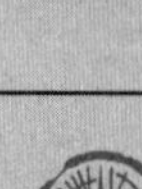

劝。大王且请暂歇，末将告退。明早再为劝酬。』飞虎深谢，送陈梧出府，命家将把车辆推进府廊下，堆垛起来。家将掌上画烛，众人安歇去讫。都是一路上辛苦，跋涉勤劳，一个个酣睡如雷，各有鼻息之声。黄飞虎坐在殿上，思前想后，兜底上心，长吁一声，叹曰：『天！我黄氏一门，七世商臣，岂知今日如此而做叛亡之客！我一点忠心，惟天可表！只是昏君欺灭臣妻，殊为痛恨！摔死吾妹，切骨伤心！老天呵！若是武王肯容纳我等借兵，定伐无道！』飞虎把牙一咬，作诗一首，诗曰：

七世忠良成画饼，谁知今日入西岐？

五关有路真颠厄，三战无君岂浪思？

飞鸟失林家已破，依人得意念先疑。

老天若遂平生志，洗却从前百事奇。

话说黄飞虎作诗方毕，听得谯楼一鼓，独坐无聊，不觉又是二更催来。飞虎思想：『王府华丽，玩设画堂，锦堆绣阁，何等富贵，岂知今日置身无地。』又听三更鼓打，飞虎曰：『我今日怎的睡不着！』心下一躁，急了一身香汗。忽听丹墀下一阵风响，怎见得好风，诗曰：

无形无影冷然惊，灭烛穿帘太没情。

送出白云飞去杳，剪残黄叶落来轻。

天化忙将背上宝剑执在手中，照陈桐只一指。只见剑尖上一道星光，有盏口大小，飞至陈桐面上，陈桐首级已落于马下。

催骤雨，助舟行，起人愁思恨难平。
猛添无限伤心泪，滴向阶前作雨声。

话说飞虎坐在殿上，三更时候，只听得一阵风响，从丹墀下直旋到殿里来。飞虎见了，毛骨耸然，惊得冷汗一身。那旋风开处，见一只手伸出来，把烛光灭了。听的有声叫曰：『黄将军，妾身并非妖魔，乃是你元配妻贾氏相随至此。你眼前大灾到了！目下烈焰来侵，快叫叔叔起来！将军好生看我三个无娘的孩儿。速起来！我去矣！』飞虎猛然惊觉，那灯光依旧复明。飞虎拍案大叫：『快起来！快起来！』只见黄明、周纪等正在浓睡之间，听得喊声，慌忙爬起，问道：『长兄为何大叫？』飞虎把灭灯听贾氏之言说了一遍。飞虎曰：『宁可信有，不可信无。』黄明走至大门前开门时，其门倒锁。黄明说：『不好了！』龙环、吴谦用斧劈开，只见府前堆积柴薪，浑似柴篷塞挤。慌坏周纪，急唤众家将，将车辆推出。众将上马，方才出得府来，只见陈梧领众将持火把，蜂拥而至，却来迟了些儿。大抵天意，岂是人为。探马报与陈梧

曰：『黄家众将出了府门，车辆在外。』陈梧大怒，叫众将曰：『来迟了，快纵马向前！』黄飞虎曰：『陈梧，你昨日高情成为流水，我与你何怨何仇，行此不仁？』陈梧知计已破，大骂曰：『反贼！实指望斩草除根，绝你黄氏一脉，孰知你狡滑之徒，终多苟且。虽然如此，谅你也难出地网天罗！』纵马摇枪，来取黄明。黄明手中斧对面交还。夜里交兵，两家混战。黄飞虎催开五色神牛，举枪也来战陈梧。陈梧招架刀斧，抵挡枪戟。黄飞虎战不数合，大怒，吼一声，穿心过，把陈梧挑于马下。众将只杀得关内人叫苦，惊天动地，鬼哭神愁。彼时斩栓落锁，杀出穿云关。天色已明，打点往界牌关来。黄明在马上曰：『再也不须杀了。前关乃是太老爷镇守的，乃是自家人。』忙催车辆紧行，有八十余里，看看行至离关不远。

却说界牌关黄滚乃是黄飞虎父亲，镇守此关，闻报长子飞虎反了朝歌，一路上杀了守关总兵。黄滚心下懊恼。探事军报来：『大老爷同二爷、三爷来了。』黄滚急传令：『把人马发三千，布成阵势；将囚车十辆，把这反贼总拿解朝歌！』不知黄家众将性命如何，且听下回分解。

第三十三回　黄飞虎泗水大战

诗曰：

百难千灾苦不禁，奸臣贼子枉痴心。
漫夸幻术能多获，不道邪谋可易侵。
余化图功成画饼，韩荣封拜有差参。
总然天意安排定，说道封神泪满襟。

话说黄滚布开人马，等候儿子来。只见黄明、周纪远远望见一枝人马摆开。黄明对黄飞虎曰：『老爷布开人马，又见陷车，这光景不是好消息。』龙环道：『且见了老爷，看他怎说，再做处治。』数骑向前。飞虎在鞍鞒欠身，口称：『父亲，不孝儿飞虎不能全礼。』黄滚曰：『你是何人？』飞虎答曰：『我是父亲长子黄飞虎，为何反问？』黄滚大喝一声：『我家受天子七世恩荣，为商汤之股肱，忠孝贤良者有，叛逆奸佞者无。况我黄门无犯法之男，无再嫁之女。你今为一妇人，而背君亲之大恩，弃七代之簪缨，绝腰间之宝玉，失人伦之大体，忘国家之遗荫，背主求荣，无端造反，杀朝廷命官，闯天子关隘，乘机抢掳，百姓遭殃，辱祖宗于九泉，愧父颜于人世，忠不能于天子，孝不尽于父前。畜生！你空为王位，累父餐刀！你生有愧于天下，死有辱于先人！你再有何颜见我！』飞虎被父亲一篇言语说得默默无言。黄滚又曰：『畜生！你可做忠臣、孝子不做忠臣、孝子？』飞虎曰：『父亲此

言怎么说？』滚曰：『你要做忠臣、孝子，早早下骑，为父的把你解往朝歌，使我黄滚解子有功，天子必不害我，我得生全，你死还是商臣，为父还有肖子。畜生！你忠孝还得两全。你不做忠臣、孝子，既已反了朝歌，目中已无天子，自是不忠；你再使开长枪，把我刺于马下，料你必投西土，任你纵横，使我眼不见，耳不闻，我也甘心，你可乐意。庶几不遗我末年披枷带索，死于藁街，使人指曰：「此某人之父子，因子造反而致某于此也！」』飞虎听罢，在神牛上大叫曰：『老爷不必罪我，与老爷解往朝歌去罢！』方欲下骑，旁有黄明在马上大呼曰：『长兄不可下骑！纣王无道，乃失政之君，不以吾等尽忠辅国为念，古语云：「君使臣以礼，臣事君以忠。」国君既以不正，乱伦反常，臣又何心听其驱使！我等出五关，费了多少艰难，十死一生；今听老将军一篇言语，就死于马下无益。可怜惨死深冤不能表白于天下！』飞虎听的此言有理，在牛上低首不语。黄滚大骂黄明：『你们这伙逆贼！吾子料无反心，是你们这样无父无君、不仁不义、少三纲、绝五常的匹夫唆使，故做出这等事来。在我面前，况且教吾子不要下骑，这不是你等撮弄他！气杀老夫！』纵马抡刀来取黄明。黄明急用斧架开刀曰：『老将军，你听我讲。黄飞虎等是你的儿子，黄天禄等是你的孙子；我等不是你的子孙，怎把囚车来拿我等？老将军，你差了念头！自古虎毒不食儿，如今朝廷失政，大变伦常，各处荒乱，刀兵四起，天降不祥，祸乱已现。今老将军媳妇被君欺辱，亲女被君摔死，沉冤无伸；不思为一家骨肉报仇，反解儿子往朝歌受戮。语云：「君不正，臣投外国；父不慈，子必参商」』黄滚大怒：『反贼，巧言舌辩，气杀我！』把刀望黄明劈来。黄明架刀，大叫：『黄老儿！你「天晴不肯

话说黄滚布开人马，等候儿子来。只见黄明、周纪远远望见一枝人马摆开。

走，只待雨淋头』！你做一世大帅，不识时务，只管把刀来劈我，独不想吾手中斧无眉少目，万一有伤，把老将军一生英名置于乌有。小侄怎敢！』黄滚大怒，纵马舞刀，飞来直取。周纪曰：『老将军，今日得罪也罢，忍不住了。』黄明、周纪、龙环、吴谦四将，把黄滚围裹垓心，斧戟交加，奔腾战马。黄飞虎在旁，见四将把父亲围住，面上甚有怒色，沉思曰：『这匹夫可恶！我在此，尚把老爷欺侮。』只见黄明大叫曰：『长兄，我等将老爷围住，你们不快快出关，还要等谁？』飞豹、飞彪、天禄、天爵，一齐连家将车辆，冲出关去。黄滚见儿子撞出关去，气冲肝膈，跌下马来，随欲拔剑自刎。黄明下马，一把抱住，口称：『老爷何必如此？』黄滚醒回，睁目大骂：『无知强盗！你把我逆子放走了，还要在此支吾！』黄明曰：『末将一言难尽，真是有屈无伸。我受你的儿子气，已是无限了。他要反商，我几番苦劝，动不动只要杀我四人。我等没奈何，共议只到界牌关，见了黄将军，设法拿解朝歌，洗我四人一身之怨。末将以目送情，老将军只管说闲话不

睬。末将犹恐泄了机会，反为不美。』黄滚曰：『据你怎么讲？』黄明曰：『老将军快上马，出关赶飞虎，只说：「黄明劝我，『虎毒不食儿』，你们都回来，我同你往西岐去投见武王。何如？」』黄滚笑曰：『这畜生好言语，反来诱我！』黄明曰：『终不然当真去？此是哄他进关。老将军在府内设饭酒与他吃，我四人打点绳索挠钩，老将军击钟为号，吾等一齐上手，把你三子、三孙俱拿入陷车，解往朝歌。只望老将军天恩，保我等四条金带，感德不浅！』黄滚听罢，叹曰：『黄将军，你原来是个好人。』黄滚忙上马，赶出关来，大呼曰：『我儿！黄明劝我，着实有理。我也自思，不若同你往西岐去罢。』飞虎自忖：『父亲为何有此言语？』飞豹曰：『这是黄明的圈套。我等速回，听其指挥，以便行事。』遂进关入府，拜见父亲。黄滚曰：『一路鞍马，快收拾酒饭，你们吃了，同往西岐去便了。』且说两边忙排酒食上来，黄滚相陪，饮了四、五杯酒，见黄明站在旁边，黄滚把金钟击了数下，黄明听见，只当不知。且说龙环来对黄明说：『如今怎样了？』黄明曰：『你二人将老将军资蓄打点上车，收拾干净。你一把火烧起粮草堆来。我们一齐上马。老将军必定问我，我自有话回他。』二人去讫。黄滚见黄明听钟响不见动手，叫到案旁来，问曰：『方才钟响，你怎的不下手？』黄明曰：『老将军，刀斧手不齐，怎么动得手？倘或知觉走了，反为不美。』且说龙环、吴谦二将，把黄老将军家私都打点上车，就放一把火烧起来。两边来报：『粮草堆火起！』众人齐上马出关。黄滚叫苦：『我中了这伙强盗的计了！』黄明曰：『老将军，实对你讲：纣王无道，武王乃仁明圣德之君。我们此去借兵报仇。你去就去；你不去便是催督不完，烧了仓廒，已绝粮草，到了朝歌，难逃一死。总不如一同归武王，此为上策。』黄滚沉吟长吁曰：『臣非纵子不忠，奈众口难调。老臣七世忠良，今为叛亡之士。』望朝歌大拜八拜，将五十六两帅印挂在银安殿，老将军点兵三千，共家将人等合有四千余人，救灭火光，离了高关。有诗为证，诗曰：

设计施谋出界牌，黄明周纪显奇才。
谁知汜水关难过，怎脱天罗地网灾？
余化通玄多奥妙，法施异宝捉将来。
不是哪吒相接应，焉得君臣破鹿台？

话说黄滚同众人并马而行。黄滚曰：『黄明，我见你为吾子，不是为他，是害了我一门忠义。界牌关外便是西岐，那个不妨。只此八十里至汜水关，守关者乃韩荣，麾下一将余化，此人乃左道，人称他「七首将军」，此人道法通玄，旗开拱手，马到成功。坐下火眼金睛兽，用方天戟，我们一到，料是个个被擒，决难脱逃。我若解你往朝歌，尚留我老身一命；今日一同至此。真是荆山失火，玉石俱焚。此正天数难逃，吾命所该。』又见七岁孙儿在马上啼哭，又添惨切，不觉失声道曰：『我等遭此缧绁；你得何罪于天地，也逢此诛身之厄！』黄滚一路上不绝口叹息，不觉行至汜水关，安下人马，扎了辕门。

却说韩荣探马报到：『黄滚同武成王反出界牌，兵至关前扎营。』韩荣听罢，低首自思：『黄老将军，你官居总

帅，位极人臣，为何纵子反商，不谙事体，其实可笑。』命左右：『擂鼓聚将听用。』诸军参谒毕。韩荣曰：『黄滚纵子造反，兵至此地，必须商议，仔细酌量。』众将领令。那韩荣调人马阻塞咽喉。按下不表。

且说黄滚坐在帐里，看着两边子孙，点首曰：『今日齐齐整整，两边侍立；到明日不知先少谁人？』众人听着，各有不忿之意。

且说次日余化领令，布开人马，军前搦战。营门官报入。黄滚问：『你们谁去走走？』只见黄飞虎曰：『孩儿前去。』上了五色神牛，提枪在手，催骑向前。见一将生的古怪形容，怎见得，诗曰：

脸似搽金须发红，一双怪眼度金瞳。
虎皮袍衬连环铠，玉束宝带现玲珑。
秘授玄功无比赛，人称『七首』似飞熊。
翠蓝幡上书名字，余化先行手到功。

话说余化一骑向前，此人自不曾会武成王，见来将仪容异相，五柳长髯飘扬脑后，丹凤眼，卧蚕眉，提金錾提芦杵，坐五色神牛。余化问曰：『来者何人？』武成王答曰：『吾乃武成王黄飞虎是也。今纣王失政，弃纣归周。汝乃何人？』余化答曰：『末将未会大王尊颜。大王乃成汤社稷之臣，若论满朝富贵，尽出黄门。何事不足，而作反叛之人？』飞虎曰：『将军之言虽是，各有衷曲，一言难尽。即以君臣之道而论，古云：『君使臣以礼，臣事君以忠。』

普天下尽知纣王无道，羞于为臣。今又乱伦败德，污蔑纪钢，残贼仁义，不恤士民，天下诸侯，皆知有岐周矣。三分天下，周土已得二分，可见天命有归，岂是人力。吾今止借此关一往，望将军容纳。不才感德无涯。』余化叹曰：『大王此言差矣！末将各守关隘，以尽臣职。大王不反，末将自当远迎。大王今系叛亡，末将与大王成为敌国，岂有放大王出关之理！大王难道此理也不知？我劝大王请速下战骑，俟末将关主解往朝歌，请旨定夺。百司自有本章保奏，念大王平日之功，以赦叛亡之罪，或未可知。若想善出此关，大王乃缘木求鱼，非徒无益，而又害之也。』飞虎曰：『五关已出有四，岂在汝这汜水关！敢出言无状？放马来与你见个雌雄。』飞虎举枪，直取余化。余化摇画戟相迎。二兽相交，枪戟并举，一场大战。

二将阵前势无比，立见输赢定生死。

狻猊摆尾斗麒麟，却似苍龙搅海水。

长枪荡荡蟒翻身，摆动金钱豹子尾。

将军恶战不寻常，不至败亡心不止。

话说武成王展放钢枪，使得性发。似一条银蟒裹住余化，只杀的他马仰人翻。余化掩一戟就走。飞虎赶来。追至两肘之地，余化挂下画戟，揭起战袍，囊中取出一幡，名曰『戮魂幡』。此物是蓬莱岛一气仙人传授，乃左道旁门之物。望空中一举，数道黑气，把飞虎罩住，平空拎得去了，望辕门摔下。众士卒将武成王拿了。余化掌得胜鼓回府。

话说武成王展放钢枪，使得性发。似一条银蟒裹住余化，只杀的他马仰人翻。

旗门小校飞报守将韩荣曰：『余将军今日已擒反臣黄飞虎听令。』韩荣传令：『推来！』众士卒将飞虎推至檐前。飞虎立而不跪。荣曰：『朝廷何事亏你。一旦造反？』飞虎笑曰：『似足下坐守关隘，自谓贵职，不过狐假虎威，借天子之威福以弹压此一方耳。岂知朝政得失，祸乱之由，君臣乖违之故？我今既被你所获，无非一死而已，何必多言！』韩荣曰：『吾既守此关隘，擒拿叛逆，不过尽吾职守，吾亦不与你辩。且送下囹圄监候，俟余党尽获起解。』

且说黄滚在营中闻报说飞虎被擒，黄滚叹曰：『畜生！你不听为父之言，可惜这场功劳，落在韩荣手里！』一宿已过，次日来报：『飞虎请战。』黄滚问：『何人出去？』黄明、周纪曰：『末将愿往。』二将上马，拎斧出营，大呼曰：『余化匹夫！擒吾长兄，此恨怎消！』纵马德斧来取。余化画戟急架相还。三骑相交，戟斧并举，一场大战。诗曰：

三将昂昂杀气高，征云霭霭透青霄。

英雄勇跃多威武，俊杰胸襟胆量豪。
逆理莫思封拜福，顺时应自得金鳌。
从来理数皆如此，莫用心机空自劳。

说话三将交锋，未及三十回合，余化拨马便走。二将赶来。余化依旧将戮魂幡举起如前，把二将拿去见韩荣。韩荣吩咐：『发下监禁。』不表。

且言探马报入中营：『启元帅：二将被擒。』黄滚低首不言。又报：『余化请战。』黄滚又问：『谁出马？』黄飞彪、飞豹曰：『孩儿愿为长兄报仇！』二将上马，拎枪出营，骂曰：『余化匹夫！以妖法擒吾弟兄三人！』拨马来取。三将又战二十回合。余化拨马败走。飞豹二将亦赶下来。余化也如前法，又把二将拿去见韩荣。也是送下囹圄监候。黄滚闻二将又被擒去，心下十分懊恼。次日又报：『余化请战。』黄滚问曰：『谁再去退战？』帐下龙环、吴谦曰：『终不然畏彼妖法便罢？吾二人愿往。』二将上马，拎戟出营，见余化，气冲斗牛，厉声大叫：『匹夫！将左道之术，擒吾长兄，与贼势不两立！』三马交还，战二十回合，余化依旧败走。二将赶来，亦被余化拿去见韩荣。依旧发下囹圄。余化连四阵捉七员将官。韩荣设酒与余化贺功。不表。

话说黄滚在中军，见两边诸将被擒，又见三个孙儿站立在旁，心下十分不忍，点头泪落：『我儿！你年不过十三四岁，为何也遭此厄？』又报：『余化请战。』只见次孙黄天禄欠身曰：『小孙愿为父、叔报仇。』黄滚吩咐

曰：『是必小心！』黄天禄上马，提枪出营，见余化曰：『匹夫赶尽杀绝，但不知你可有造化受其功禄！』纵马摇抢直取。余化急架忙迎。二马相交，枪戟并举。黄天禄年纪虽幼，原是将门之子，传授精妙，枪法如神，不分起倒，一勇而进。正是『初生之犊猛于虎』。后人看至此，有诗赞曰：

乾坤真个少，盖世果然稀。老君炉里炼，曾敲十万八千槌。磨塌太山昆仑顶，战干黄河九曲溪。上阵不粘尘世界，回来一阵血腥飞。

话说黄天禄使开枪如翻江怪兽，势不可当。天禄见战不下余化，在马上卖一个名解，唤做『丹凤入昆仑』，一枪正刺中余化左腿。余化负痛，落荒便走。天禄不知好歹，赶下阵来。余化虽败，此术尚存，依旧举幡如前，把黄天禄拿去见韩荣。也发下囹圄监候。黄飞虎屡见将他黄门人拿来，心上其是懊恼。忽见次子天禄又拿到，飞虎不觉泪流满面。可怜！正是父子关心，骨肉情切。且不说他父子悲咽，有话难言。再表黄滚闻报次孙被擒，心中甚是凄惋。想一想，无策可施，『……如今止存公、孙三人，料难出他地网天罗。往前不得出关，去后一无退步。』黄滚把案一拍，『罢！罢！罢！』忙传令，命家将等，共三千人马：『你们把车辆上金珠细软之物献与韩荣，买条生路，放你们出关。我公、孙料不能俱生。』众家将跪而告曰：『老爷且省愁烦，「吉人自有天相」，何必如此？』黄滚曰：『余化乃左道妖人，皆系幻术，我何能抵挡？若被他擒获，反把我平昔英名一旦化为乌有。』又见二孙在旁啼泣，黄滚亦泣曰：『我儿，你也不知可有造化，替你哀告韩荣，亦不知他可肯饶你二人。』黄滚把头上盔除

下，摘去腰间玉带，解甲宽袍，腰悬玉玦，领着二孙，径往韩荣帅府门前来。众官见是黄元帅亲自如此，俱不敢言语。黄滚至府前，对门官曰：『烦你通报韩总兵，只说黄滚求见。』军政官报与韩荣。韩荣曰：『你来也无用了。』忙令军卒分排两旁，众将分开左右，韩荣出仪门，至大门口，只见黄滚缟素跪下，后跪黄天爵、天祥。不知凶吉如何，且听下回分解。

第三十四回　飞虎归周见子牙

诗曰：

左道旁门乱似麻，只因昏主起波查。
贪淫不避彝伦序，乱政谁知国事差。
将相自应归圣主，韩荣何故阻行车。
中途得遇灵珠子，砖打伤残枉怨嗟。

话说黄滚膝行军门请罪，见韩荣，口称：『犯官黄滚特来叩见总兵。』韩荣忙答礼曰：『老将军，此事皆系国家重务，亦非末将敢于自专，今老将军如此，有何见谕？』黄滚曰：『黄门犯法，理当正罪，原无可辞；但有一事，情在可矜之列，望总兵法外施仁，开此一线生路，则愚父子虽死九泉，感德无涯矣。』韩荣曰：『何事吩咐？末将愿闻。』黄滚曰：『子累父死，滚不敢怨。奈黄门七世忠良，未尝有替臣节，今不幸遭此劫运，使我子孙一概屠戮，情实可悯。不得已，肘膝求见总兵，可怜念无知稚子，罪在可宥。乞总兵放此七岁孙儿出关，存黄门一脉。但不知将军意下如何？』韩荣曰：『老将军差矣！荣居此地，自有官守，岂得循私而忘君哉！譬如老将军权居元首，职压百僚，满门富贵，尽受国恩，不思报本，纵子反商，罪在不赦，髫龀无留。一门犯法，毫不容私。解进朝歌，朝廷自有公论，清白毕竟有分。那时名正言顺，谁敢不服？今老将军欲我将黄天祥放出关隘，吾便与反叛通同，欺侮朝廷，法

纪何在！吾与老将军皆不可免，这个决不敢从命。』黄滚曰：『总兵在上：黄氏犯法，一门良眷颇多，料一婴儿有何妨碍，纵然释放，能成何事？这个情分也做得过。「恻隐之心，人皆有之。」将军何苦执一而不开一线之方便也。想我黄门功积如山，一旦如此，古云：「当权若不行方便，如入宝山空手回。」人生岂能保得百年常无事。况我一家俱系含冤负屈，又非大奸不道，安心叛逆者。望将军怜念，舍而逐之，生当衔环，死当结草，决不敢有负将军之大德矣。』韩荣曰：『老将军，你要天祥出关，末将除非也附从叛亡之人，随你往西岐，这件事才做得。』黄滚三番四次，见韩荣执法不允，黄滚大怒，对二孙曰：『吾居元帅之位，反去下气求人！既总兵不肯容情，吾公孙愿投陷阱，何惧之有！』随往韩荣帅府，自设囹圄，来至监中。黄飞虎忽见父亲同二子齐到，放声大哭：『岂料今日如老爷之言，使不肖子为万民大逆之人也！』黄滚曰：『事已到此，悔之无益。当初原教你饶我一命，你不肯饶，我又何必怨尤！』不说黄滚父子在囹圄悲泣，且表韩荣既得了黄家父子功勋，又收拾黄家货财珍宝等项，众官设酒，与总兵贺功。大吹大擂，乐奏笙簧，众官欢饮。韩荣正饮酒中间，乃商议解官点谁。余化曰：『元帅要解黄家父子，末将自去，方保无虞。』韩荣大喜，『必须先行一往，吾心方安。』当晚酒散。次日，点人马三千，把黄姓犯官共计十一员，解往朝歌。众官置酒与余化饯别。饮罢酒，一声炮响，起兵往前进发。行八十里至界牌关。黄滚在陷车中，看见帅府厅堂依旧，谁知今作犯官，睹物伤情，不由泪落。关内军民一齐来看，无不叹息流泪。

不说黄家父子在路，且言乾元山金光洞有太乙真人闲坐碧游床，正运元神，忽心血来潮。看官：但凡神仙，烦

哪吒乃仙传妙法，比众大不相同，把余化杀的力尽筋舒，掩一戟，扬长败走。

恼、嗔痴、爱欲三事永忘，其心如石，再不动摇；心血来潮者，心中忽动耳。真人袖里一掐，早知此事：『呀！黄家父子有厄，贫道理当救之。』唤金霞童儿：『请你师兄来。』童儿至桃园，见哪吒使枪。童子曰：『师父有请。』哪吒收枪，来至碧游床下，倒身下拜：『弟子哪吒有，不知师父唤弟子有何使用？』真人曰：『黄飞虎父子有难，你下山救他一番；送出汜水关，你可速回，不得有误。久后你与他俱是一殿之臣。』哪吒原是好动的，心中大悦，慌忙收拾，打点下山；脚蹬风火二轮，提火尖枪，离了乾元山，望穿云关来。好快！怎生见得，有诗为证，诗曰：

脚踏风轮起在空，乾元道术妙无穷。
周游天下如风响，忽见穿云眼角中。

话说哪吒踏风火二轮，霎时到穿云关落下，来在一山岗上，看一会，不见动静，站立多时，只见那壁厢一枝人马，旗幡招展，剑戟森严而来。哪吒想：『平白地怎就杀将起来？必定寻他一个不是处方可动

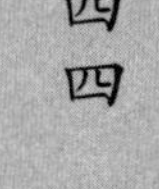

手。』哪吒一时想起，作个歌儿来，歌曰：

吾当生长不记年，只怕尊师不怕天。
昨日老君从此过，也须送我一金砖。

哪吒歌罢，脚蹬风火二轮，立于咽喉之径。有探事马飞报与余化：『启老爷：有一人脚立车上，作歌。』余化传令扎了营，催动火眼金睛兽，出营观看。见哪吒立于风火轮上。怎见得，有诗为证，诗曰：

异宝灵珠落在尘，陈塘关内脱真神。
九湾河下诛李艮，怒发抽了小龙筋。
宝德门前敖光服，二上乾元现化身。
三追李靖方认父，秘授火尖枪一根。
顶上揪巾光灿烂，水合袍束虎龙纹。
金砖到处无遮挡，乾坤圈配混天绫。
西岐屡战成功绩，立保周朝八百春。
东进五关为前部，枪展旗开迥绝伦。
莲花化身无坏体，八臂哪吒到处闻。

话说余化问曰：『蹬风火轮者乃是何人？』哪吒答曰：『吾久居此地，如有过往之人，不论官员皇帝，都要留些买路钱。你如今往哪里去？乞速送上买路钱，让你好赶路。』余化大笑曰：『吾乃汜水关总兵韩荣前部将军余化。今解反臣黄飞虎等官员往朝歌请功。你好大胆，敢挠路径，作甚歌儿！可速退去，饶你性命。』哪吒曰：『你原来是捉将有功的，今往此处过；也罢，只送我十块金砖，放你过去。』余化大怒，催开火眼金睛兽，摇方天画戟飞来直取。哪吒手中枪急架相还。二将交加，一场大战，往来冲突。一个七孤星，英雄猛虎；一个是莲花化身的，抖擞神威。哪吒乃仙传妙法，比众大不相同，把余化杀的力尽筋舒，掩一戟，扬长败走。哪吒曰：『吾来了！』往前正赶，余化回头，见哪吒赶来，挂下方天画戟，取出戮魂幡来，如前来拿哪吒。哪吒一见，笑曰：『此物是戮魂幡，只何足为奇！』哪吒见数道黑气奔来，哪吒只用手一招，便自接住，往豹皮囊中一塞，大叫曰：『有多少？一搭儿放将来罢！』余化见破了宝物，拨回走兽，来战哪吒。哪吒想：『奉师命下山，来救黄家父子，恐余化泄了机，杀了黄家父子，反为不美。』左手提枪，挡架方天戟，右手取金砖一块，丢起空中，喝声：『疾！』只见五彩瑞临天地暗，乾元山上宝生光。那砖落将下来，把余化顶盔上打了一砖，打的俯伏鞍鞒，窍中喷血，倒拖画戟败走。哪吒赶了一程，自思：『吾奉师命，来援黄家父子，若贪追袭，可不误了大事。』随登转双轮，发一块金砖，打得众兵星飞云散，瓦解冰消，各顾性命奔走。哪吒只见陷车中垢面蓬头，厉声大呼曰：『谁是黄将军？』飞虎曰：『登轮者是谁？』哪吒答曰：『吾乃乾元山金光洞太乙真人门下，姓李，双名哪吒。知将军今有小厄，命吾下山相援。』武成王大喜。哪吒将

金砖磕开陷车，将众将放出。飞虎倒身拜谢。哪吒曰：『列位将军慢行。我如今先与你把汜水关取了，等将军们出关。』众人称谢：『多感盛德，立救残喘，尚容叩谢。』各人将短器械执在手中，切齿咬牙，怒冲牛斗，随后而行。

且说余化败回汜水关来，火眼金睛兽两头见日走千里；穿云关至汜水一百六十里。韩荣在府内，正与众将官饮酒作贺，欢心悦意，谈讲黄家事体。忽报：『先行官余化等令。』韩荣大惊：『去而复反，其中事有可疑。』忙令：『进见。』正是：『入门休问荣枯事，观见容颜便得知。』忙问曰：『将军为何回来，面容失色，似觉带伤？』余化请罪曰：『人马行至穿云关将近，有一人不通姓名，脚蹬风火二轮，作歌截路。末将会面，要我十块金砖，方肯放行。末将不忿，与他大战一场。那人枪法精奇，末将只得回骑，欲用宝物拿他，方才举宝时，那人用手接去。末将不服，勒回骑与他交兵，见他手动处，不知取何物，只见黄光闪灼，被他把末将颈项打坏，故此败回。』韩荣慌问曰：『黄家父子怎样了？』余化答曰：『不知。』韩荣顿足曰：『一场辛苦，走了反臣，天子知道，吾罪怎脱！』众将曰：『料黄飞虎前不能出关，退不能往朝歌，总兵速遣人马，把守关隘，以防众反叛透露。』正议间，探事官来报：『有一人脚登车轮，提枪威武，称名要「七首将军」。』余化在旁答曰：『就是此人。』韩荣大怒，传诸将上马：『等吾擒之！』众将得令，俱上马出帅府，三军蜂拥而来。哪吒登转车轮，大呼曰：『余化早来见我，说一个明白！』韩荣一马当先，问曰：『来者何人？』哪吒见韩荣戴束发冠，金锁甲，大红袍，玉束带，点钢枪，银合马，答曰：『吾非别人，乃乾元山金光洞太乙真人门下，姓李，名哪吒；奉师命下山，特救黄家父子。方才正遇余化，未曾打死，吾特来擒之。』韩荣曰：『截抢朝廷犯官，还来在此猖獗，甚是可恶！』哪吒曰：『成汤气数该尽，西岐圣主已生。黄家乃西岐栋梁，正应上天垂象；尔等又何违背天命，而造此不测之祸哉？』韩荣大怒，纵马摇枪来取。哪吒登轮转枪相还，轮马相交，未及数合，左右一齐围绕上来。怎见得好一场大战：

咚咚鼓响，杂彩旗摇。三军齐呐喊，众将俱枪刀。哪吒铜枪生烈焰；韩荣马上逞英豪。众将精神雄似虎；哪吒像狮子把头摇。众将如狻猊摆尾；哪吒似搅海金鳖。火尖枪犹如怪蟒；众将兵杀气滔滔。哪吒斩关落锁施威武；韩荣阻挡英雄气概高。天下兵戈从此起，汜水关前头一遭。

话说哪吒火尖枪是金光洞里传授，使法不同，出手如银龙探爪，收枪似走电飞虹，枪挑众将纷纷落马。众将抵不住，各自逃生。韩荣舍命力敌。正酣战之间，后有黄明、周纪、龙环、吴谦、飞彪、飞豹一齐杀来，大叫曰：『这去必定拿韩荣报仇！』且说余化没奈何，奋勇催金睛兽，使画杆戟，杀出府来。两家混战。哪吒见黄家众将杀来，用手取金砖丢在空中，打将下来，正中守将韩荣，打了护心镜，纷纷粉碎，落荒便走。余化大叫：『李哪吒勿伤吾主将！』纵兽摇戟来取，哪吒未及三四合，用枪架住画戟，豹皮囊内忙取乾坤圈打来，正中余化臂膊，打得筋断骨折，几乎坠兽，往东北上败走。哪吒取汜水关。黄明等六将只杀得关内三军乱窜，任意剿除。次日，黄滚同飞虎等齐至，到把韩荣府内之物一总装在车辆上，载出汜水关，乃西岐地界。哪吒送至金鸡岭作别。黄滚与飞虎众将感谢曰：『蒙公子垂救愚生，实出望外。不知何日再睹尊颜，稍效犬马，以尽血诚。』哪吒曰：『将军前途保重。我贫道不日也往

至殿前，飞虎倒身下拜：『成汤难臣黄飞虎愿大王千岁！』

西岐。后会有期，何必过誉。』众人分别。哪吒回乾元山去了。不题。

话说武成王同原旧三千人马并家将，还在一路上晓往夜住，过了些高山凸凹崎岖路，险水颠崖深茂林。有诗为证，诗曰：

别却朝歌归圣主，五关成败力难支。
子牙从此刀兵动，准被四九伐西岐。

话说黄家众将过了首阳山、桃花岭，度了燕山，非止一日，到了西岐山。只七十里便是西岐城。武成王兵至岐山，安了营寨，禀过黄滚曰：『父亲在上：孩儿先往西岐，去见姜丞相。如肯纳我等，就好进城；如不纳我等，再做道理。』黄滚曰：『我儿言之甚善。』黄飞虎缟素将巾，上骑行七十里至西岐。看西岐景致：山川秀丽，风土淳厚，大不相同。只见行人让路，礼别尊卑，人物繁盛，地利险阻。飞虎叹曰：『西岐称为圣人，今果然民安物阜，的确舜日尧天，夸之不尽。』进了城，问：『姜丞相府在哪里？』民人答曰：『小金桥头便是。』黄飞虎行至小金桥，到了相府，对堂候官曰：『借重你禀丞相一声，说朝歌黄

飞虎求见。」堂候官击云板，请丞相升殿。子牙出银安殿。堂候官将手本呈上。子牙看罢：「朝歌黄飞虎乃武成王也。今日至此，有甚么事？」忙传：「请见。」子牙官服，迎至仪门恭候。黄飞虎至滴水檐前下拜。子牙顶礼相还，口称：「大王驾临，姜尚不曾远接，有失迎迓，望乞勿罪。」飞虎曰：「末将黄飞虎乃是难臣，今弃商归周，如失林飞鸟，聊借一枝。倘蒙见纳，黄飞虎感恩不浅！」子牙忙扶起，分宾主序坐。飞虎曰：「末将乃商之叛臣，怎敢列坐丞相之旁？」子牙曰：「大王言之太重！尚虽忝列相位，昔曾在大王治下；今日何故太谦？」飞虎方才告坐。子牙躬身请问曰：「大王何事弃商？」武成王曰：「纣王荒淫，权臣当道，不纳忠良，专近小人，贪色不分昼夜，不以社稷为重，残杀忠良，全无忌惮，施土木陷害万民。今元旦，末将元配朝贺中宫，妲己设计，诬陷末将元配，以致坠楼而死。末将妹子在西宫，得知此情，上摘星楼明正其非，纣王偏向，又将吾妹采宫衣，揪后鬟，摔下摘星楼，跌为齑粉。末将自揣：『君不正，臣投外国。』此亦礼之当然。故此反了朝歌，杀出五关，特来相投，愿效犬马。若肯纳吾父子，乃丞相莫大之恩。」子牙大喜：「大王既肯相投，竭力扶持社稷，武王不胜幸甚！岂有不容纳之理？」传出去：「请大王公馆少憩；尚随即入内庭见驾。」飞虎辞往公馆。不表。且言子牙乘马进朝，武王在显庆殿闲坐。当驾官启奏：「丞相候旨。」武王宣子牙进见，礼毕。王曰：「相父有何事见孤？」子牙奏曰：「大王万千之喜！今成汤武成王黄飞虎弃纣来投大王，此西土兴旺之兆也。」武王曰：「黄飞虎可是朝歌国戚？」子牙曰：「正是。昔先王曾说夸官得受大恩，今既来归，礼当请见。」传旨：「请。」不一时，使命回旨：「黄飞虎候旨。」武王命：「宣。」

至殿前，飞虎倒身下拜：『成汤难臣黄飞虎愿大王千岁！』武王答礼曰：『久慕将军，德行天下，义重四方，施恩积德，人人瞻仰，真良心君子。何期相会，实三生之幸！』飞虎伏地奏曰：『荷蒙大王提拔飞虎一门出陷阱之中，离网罗之内，敢不效驽骀之力，以报大王！』武王问子牙曰：『昔黄将军在商，官居何位？』子牙奏曰：『官拜镇国武成王。』武王曰：『孤西岐只改一字罢，便封开国武成王。』黄飞虎谢恩。武王设宴，君臣共饮，席前把纣王失政细细说了一遍。武王曰：『君虽不正，臣礼宜恭，各尽其道而已。』武王谕子牙：『选吉日动工，与飞虎造王府。』子牙领旨。君臣席散。次日，黄飞虎上殿，谢恩毕，复奏曰：『臣父黄滚，同弟飞彪、飞豹，子黄天禄、天爵、天祥，义弟黄明、周纪、龙环、吴谦，家将一千名，人马三千，未敢擅入都城，今住扎西岐山，请旨定夺。』武王曰：『既上有老将军，传旨速入都城，各各官居旧职。』西岐自得黄飞虎，遍地干戈起，纷纷士马兴。不知后事如何，且听下回分解。

第三十五回　晁田兵探西岐事

诗曰：

黄家出寨若飞鸢，盼至西岐拟到天。
兵过五关人寂寂，将来几次血涓涓。
子牙妙算安周室，闻仲无谋改纣愆。
纵有雄师皆离德，晁田空自涉风烟。

话说闻太师自从追赶黄飞虎至临潼关，被道德真君一捏神砂退了闻太师兵回。太师乃碧游宫金灵圣母门下；五行大道，倒海移山，闻风知胜败，嗅土定军情，怎么一捏神砂，便自不知？大抵天数已归周主，闻太师这一会阴阳交错，一时失计。闻太师看着兵回，自己迷了。到得朝歌，百官听候回旨。俱来见太师，问其追袭原故，太师把追袭说了一遍，众官无言。闻太师沉吟半晌，自思：『纵黄飞虎逃去，左有青龙关张桂芳所阻；右有魔家四将可拦，中有五关，料他插翅也不能飞去。』忽听得报：『监潼关萧银开栓锁，杀张凤，放了黄飞虎出关。』太师不语。又报：『黄飞虎潼关杀陈桐。』又报：『穿云关杀了陈梧。』又报：『界牌关黄滚纵子投西岐。』又报：『汜水关韩荣有告急文书。』闻太师看过，大怒曰：『吾掌朝歌先君托孤之重，不料当今失政，刀兵四起，先反东南二路；岂知祸生萧墙，元旦灾来，反了股肱重臣，追之不及，中途中计而归，此乃天命。如今成败未知，兴亡怎定？吾不敢负先帝托孤之

恩，尽人臣之节，以死报先帝可也。』命左右：『擂聚将鼓响。』不一时，众官俱至参谒。太师问：『列位将军，今黄飞虎反叛，已归姬发，必生祸乱，今不若先起兵，明正其罪，方是讨伐不臣。尔等意下如何？』内有总兵官鲁雄出而言曰：『末将启太师：东伯侯姜文焕年年不息兵戈，使游魂关窦荣劳心费力；南伯侯鄂顺，月月三山关，苦坏生灵，邓九公睡不安枕。黄飞虎今虽反出五关，太师可点大将镇守，严备关防，料姬发纵起兵来，中有五关之阻，左右有青龙、佳梦二关，飞虎纵有本事，亦不能有为，又何劳太师怒激。方今二处干戈未息，又何必生此一方兵戈，自寻多事。况如今库藏空虚，钱粮不足，还当酌量。古云：「大将者，必战守通明，方是安天下之道。」』太师曰：『老将军之言虽是，犹恐西土不守本分，倘生祸乱，吾安得而无准备？况西岐南宫适勇贯三军，散宜生谋谟百出，又有姜尚乃道德之士，不可不防。一着空虚百着空。临渴掘井，悔之何及！』鲁雄曰：『太师若是犹豫未决，可差一二将，出五关打听西岐消息：如动，则动；如止，则止。』太师曰：『将军之言是也。』随问左右：『谁为我往西岐走一遭？』内有一将应声曰：『末将愿往。』来者乃佑圣上将晁田，见太师欠背打躬曰：『末将此去，一则探虚实；二则观西岐进退巢穴，「入目便知兴废事，三寸舌动可安邦。」』有诗为证：

愿探西岐虚实情，提兵三万出都城。
子牙妙策权施展，管取将军谒圣明。

话说闻太师见晁田欲往，大悦。点人马三万，即日辞朝，出朝歌。一路上只见：

轰天炮响，震地锣鸣。轰天炮响，汪洋大海起春雷；震地锣鸣，万仞山前飞霹雳。人如猛虎离山，马似蛟龙出水。旗幡摆动，浑如五色祥云；剑戟辉煌，却似三冬瑞雪。迷空杀气罩乾坤，遍地征云笼宇宙。征夫勇猛要争先，虎将鞍鞒持利刃。银盔荡荡白云飞，铠甲鲜明光灿烂。滚滚人行如泄水，滔滔马走似狻猊。

话说晁田、晁雷人马出朝歌，渡黄河，出五关，晓行夜住，非止一日。哨探马报：『人马至西岐。』晁田传令：『安营。』点炮静营，三军呐喊，兵扎西门。

且说子牙在相府闲坐，忽听有喊声震地，子牙传出府来：『为何有喊杀之声？』不时有报马到府前：『启老爷：朝歌人马住扎西门，不知何事。』子牙默思：『成汤何事起兵来侵？』传令：『擂鼓聚将。』不一时，众将上殿参谒。子牙曰：『成汤人马来侵，不知何故？』众将佥曰：『不知。』

且说晁田安营，与弟共议：『今奉太师命，来探西岐虚实，元来也无准备。今日往西岐见阵，如何？』晁雷曰：『长兄言之有理。』晁雷上马提刀，往城下请战。子牙正议，探马报称：『有将搦战。』子牙问曰：『谁去问虚实走一遭』言未毕，大将南宫适应声出曰：『末将愿往。』子牙许之。南宫适领一枝人马出城，排开阵势，立马旗门，看时，乃是晁雷。南宫适曰：『晁将军慢来！今天子无故以兵加西土，却是为何？』晁雷答曰：『吾奉天子敕命，闻太师军令，问不道姬发，自立武王，不遵天子之谕，收叛臣黄飞虎，情殊可恨！汝可速进城，禀你主公，早早把反臣献出，解往朝歌，免你一郡之殃。若待迟延，悔之何及！』南宫适笑曰：『晁雷，纣王罪恶深重，醢大臣，不思功绩；

晁雷大怒，纵马舞刀来取南宫适。南宫适举刀赴面相迎。两马相交，双刀并举，一场大战。

斩元铣，有失司天；造炮烙，不容谏言；治虿盆，难及深宫；杀叔父，剖心疗疾；起鹿台，万姓遭殃；君欺臣妻，五伦尽灭；宠小人，大坏纲常。吾主坐守西岐，奉法守仁，君尊臣敬，子孝父慈，三分天下，二分归西，民乐安康，军心顺悦。你今日敢将人马侵犯西岐，乃是自取辱身之祸。』晁雷大怒，纵马舞刀来取南宫适。南宫适举刀赴面相迎。两马相交，双刀并举，一场大战。南宫适与晁雷战有三十回合，把晁雷只杀得力尽筋舒，哪里是南宫适敌手！被南宫适卖一个破绽，生擒过马，望下一摔，绳缚二背。得胜鼓响，推进西岐。南宫适至相府听令。左右报于子牙，命：『令来。』南宫适进殿，子牙问：『出战胜负？』南宫适曰：『晁雷来伐西岐，末将生擒，听令指挥。』子牙传令：『推来！』左右把晁雷推至滴水檐前。晁雷立而不跪。子牙曰：『晁雷既被吾将擒来，为何不屈膝求生？』晁雷竖目大喝曰：『汝不过编篱卖面一小人！吾乃天朝上国命臣，不幸被擒，有死而已，岂肯屈膝！』子牙命：『推出斩首。』众人将晁雷推出去了。两边大小众将听晁雷骂子牙之短，众

将暗笑子牙出身浅薄。子牙乃何等人物，便知众将之意。子牙谓诸将曰：『晁雷说吾编篱卖面，非辱吾也。昔伊尹乃莘野匹夫，后辅成汤，为商股肱，只在遇之迟早耳。』传令：『将晁雷斩讫来报！』只见武成王黄飞虎出曰：『丞相在上：晁雷只知有纣，不知有周，末将敢说此人归降，后来伐纣，亦可得其一臂之力。』子牙许之。黄飞虎出相府，见晁雷跪候行刑。飞虎曰：『晁将军！』晁雷见武成王至，不语。飞虎曰：『你天时不识，地利不知，人和不明。三分天下，周土已得二分。东南西北，俱不属纣。纣虽强胜一时，乃老健春寒耳。纣之罪恶得罪于天下百姓，兵戈自无休息。况东南士马不宁，天下事可知矣。武王文足安邦，武可定国。想吾在纣官拜镇国武成王，到此只改一字：开国武成王。天下归心，悦而从周。武王之德，乃尧舜之德，不是过耳。吾今为你，力劝丞相，准将军归降，可保簪缨万世。若是执迷，行刑令下，难保性命，悔之不及。』晁雷被黄飞虎一篇言语，心明意朗，口称：『黄将军，方才末将抵触了子牙，恐不肯赦免。』飞虎曰：『你有归降之心，吾当力保。』晁雷曰：『既蒙将军大恩保全，实是再生之德，末将敢不知命。』且说飞虎复进内见子牙，备言晁雷归降一事。子牙曰：『杀降诛服，是为不义。黄将军既言，传令放来。』晁雷至檐下，拜伏在地：『末将一时卤莽，冒犯尊颜，理当正法。荷蒙赦宥，感德如山。』子牙曰：『将军既真心为国，赤胆佐君，皆是一殿之臣，同是股肱之佐，何罪之有！将军今已归周，城外人马可调进城来。』晁雷曰：『城外营中，还有末将的兄晁田见在营里。待末将出城，招来同见丞相。』子牙许之。

不说晁雷归周，话说晁田在营，忽报：『二爷被擒。』晁田心下不乐，『闻太师令吾等来探虚实，今方出战，

不料被擒，挫动锋锐。』言未了，又报：『二爷辕门下马。』晁雷进帐见兄。晁田曰：『言你被擒，为何而返？』晁雷曰：『弟被南宫适擒见子牙，吾当面深辱子牙一番，将吾斩首。有武成王一篇言语，说的我肝胆尽裂。吾今归周，请你进城。』晁田闻言，大骂曰：『该死匹夫！你信黄飞虎一片巧言，降了西土，你与反贼同党，有何面见闻太师也！』晁雷曰：『兄长不知，今不但吾等归周，天下尚且悦而归周。』晁田曰：『天下悦而归周，吾也知之；你我归降，独不思父、母、妻、子俱见在朝歌。吾等虽得安康，致令父母遭其诛戮，你我心里安乐否？』晁雷曰：『为今之计奈何？』晁田曰：『你快上马，须当……如此如此，以掩其功，方好回见太师。』晁雷依计上马，进城至相府，见子牙曰：『末将领令，招兄晁田归降，吾兄愿从麾下。只是一件：末将兄说奉纣王旨意征讨西岐，此系钦命，虽末将被擒归周，而吾兄如束手来见，恐诸将后来借口。望丞相抬举，命一将至营，招请一番，可存体面。』子牙曰：『原来你令兄要请，方进西岐。』子牙问曰：『左右谁去请晁田走一遭？』左有黄飞虎言曰：『末将愿往。』子牙许之。二将出相府去了。子牙令辛甲、辛免领简帖速行。二将得令。子牙令南宫适领简帖速行。得令去讫。不表。

且说黄飞虎同晁雷出城，至营门，只见晁田辕门躬身欠背，迎迓武成王，口称：『千岁请！』飞虎进了三层围子手，晁田喝声：『拿了！』两边刀斧手一齐动手，挠钩搭住，卸袍服，绳缠索绑。飞虎大骂：『你负义逆贼！恩将仇报！』晁田曰：『「踏破铁鞋无觅处，得来全不费功夫。」正要擒反叛解往朝歌，你今来的凑巧。』传令：『起兵速回五关！』有诗为证：

晁田设计擒周将，妙算何如相父明？
画虎不成类为犬，弟兄捆缚进都城。

话说晁田兄弟忻然而回，炮声不响，人无喊声，飞云掣电而走。行过三十五里，兵至龙山口，只见两杆旗摇，布开人马，应声大叫：『晁田！早早留下武成王！吾奉姜丞相命，在此久候多时了！』晁田怒曰：『吾不伤西岐将佐，焉敢中途抢截朝廷犯官！』纵马舞刀来战。辛甲使开斧，赴面交还。两马相交，刀斧并举，大战二十回合。辛免见辛甲的斧胜似晁田，自思：『既来救黄将军，须当上前。』催马使斧，杀进营来。晁雷见辛免马至，理屈词穷，举刀来战。战未数合，晁雷情知中计，拨马落荒便走。辛免杀官兵逃走，救了黄飞虎。飞虎感谢，走骑出来，看辛甲大战晁田。武成王大怒曰：『吾有义与晁田，这个贼狠心之徒！』纵骑持短兵来战。未及数合，早被黄将军擒下马来，拿绳缠二背。武成王指面大骂曰：『逆贼！你欺心定计擒我，岂能出姜丞相奇谋妙算！天命有在！』解回西岐。不表。且说晁雷得命逃归，有路就走，路径生疏，迷踪失径，左串右串，只在西岐山内。走到二更时分，方上大路，只见前面有夜不收，灯笼高挑。晁雷的马走鸾铃响处，忽听得炮声呐喊，当头一将乃南宫适也。灯光影里，晁雷曰：『南将军，放一条生路，后日恩当重报。』南宫适曰：『不须多言，早早下马受缚！』晁雷大怒，舞刀来战。哪里是南将军敌手，大喝一声，生擒下马。两边将绳索绑缚，拿回西岐来。此时天色微明，黄飞虎在相府前伺候。南宫适也回来，飞虎称谢毕。少时间，听得鼓响，众将参谒。左右报：『辛甲回令。』令：『至殿前。』曰：『末将奉令，龙山口擒

行过三十五里，兵至龙山口，只见两杆旗摇，布开人马，应声大叫：『晁田！早早留下武成王！吾奉姜丞相命，在此久候多时了！』

了晁田，救了黄将军，在府前听令。』令：『来。』飞虎感谢曰：『若非丞相救拔，几乎遭逆党毒手。』子牙曰：『来意可疑，吾故知此贼之诡诈矣，故令三将于二处伺候，果不出吾之所料。』又报：『南宫适听令。』令：『至殿前。』南宫适曰：『奉命岐山把守，二更时分，果擒晁雷，请令定夺。』子牙传令：『来』把二将推至檐下。子牙大喝曰：『匹夫！用此诡计，怎么瞒得过我！此皆是儿曹之辈！』命：『推出斩了！』军政官得令，把二将簇拥推出相府。只听晁雷大叫：『冤枉！』子牙笑曰：『明明暗算害人，为何又称冤枉？』吩咐左右：『推回晁雷来。』子牙曰：『匹夫！弟兄谋害忠良，指望功高归国，不知老夫豫已知之。今既被擒，理当斩首，何为冤枉？』晁雷曰：『丞相在上：天下归周，人皆尽知。吾兄言，父母俱在朝歌，子归真主，父母遭殃。自思无计可行，故设小计。今被丞相看破，擒归斩首，情实可矜。』子牙曰：『你既有父母在朝歌，与我共议，设计搬取家眷；为何起这等狼心？』晁雷曰：『末将才庸智浅，并无远大之谋，早告明丞相，自无此厄也。』道罢，泪流满面。子牙曰：『你可是真情？』晁雷曰：『末将若无父母，故说此言，黄将军尽知。』子牙问：『黄将军，晁雷可有父母？』飞虎答曰：『有。』子牙曰：『既有父母，此情是实。』传令：『把晁田放回。』二将跪拜在地。子牙道：『将晁田为质，晁雷领简帖，……如此如此，往朝歌搬取家眷。』晁雷领令往朝歌。不知凶吉如何，且听下回分解。